T0262641

El campo del alfarero

ANDREA CAMILLERI

El campo del alfarero

Traducción del italiano:
María Antonia Menini Pagès

salamandra

Título original: *Il campo del vasaio*

Imagen de la cubierta: Klinger's vineyards / Album / akg-images

Copyright © Sellerio Editore, Palermo, 2008
Copyright de la edición en castellano © Ediciones Salamandra, 2011

Publicaciones y Ediciones Salamandra, S.A.
Almogàvers, 56, 7º 2ª - 08018 Barcelona - Tel. 93 215 11 99
www.salamandra.info

ISBN: 978-84-9838-811-4
Depósito legal: B-13.401-2017

1ª edición, junio de 2017
Printed in Spain

Impresión: Liberdúplex, S.L. Sant Llorenç d'Hortons

El campo del alfarero

1

Lo despertó una fuerte e insistente llamada a la puerta de su casa; llamaban con desesperación, con las manos y los pies, pero curiosamente no pulsaban el timbre. Miró hacia la ventana. A través de la persiana baja no se filtraba la luz del amanecer; fuera todavía estaba oscuro. O mejor: por la ventana se veía de vez en cuando un relámpago traicionero que helaba la estancia, seguido de un trueno que hacía vibrar los cristales. La tormenta que había empezado la víspera era cada vez más fuerte. Pero lo más extraño era que no se oía el ruido de la mar gruesa que debía de haber llegado hasta la galería tras engullir la playa. Buscó a tientas la base de la lámpara de la mesita de noche y pulsó el botón, que hizo clic, pero la luz no se encendió. ¿Se había fundido la bombilla o se había ido la corriente? Se levantó y un estremecimiento de frío le recorrió la espalda. A través de la persiana entraban no sólo relámpagos sino también cuchillas de viento helado. El interruptor de la araña del techo tampoco funcionó; sí, seguramente fallaba la electricidad a causa de la tormenta.

Seguían llamando a la puerta. En medio de aquel estruendo, le pareció oír también una voz apremiante que lo llamaba.

—¡Ya voy! ¡Ya voy! —gritó.

Como dormía desnudo, buscó algo con que cubrirse, pero no encontró nada a mano. Estaba seguro de haber dejado los pantalones encima de la silla, a los pies de la cama. A lo mejor habían resbalado al suelo. Pero no podía perder tiempo buscándolos. Se dirigió a la entrada.

—¿Quién es? —preguntó sin abrir.

—Bonetti-Alderighi. ¡Abra enseguida!

¿El jefe superior de policía? Pero ¿qué coño estaba ocurriendo? ¿O acaso era una broma de mal gusto?

—Un momento.

Corrió a buscar la linterna que guardaba en un cajón de la mesita del comedor. La encendió y abrió la puerta. Palideció al ver al jefe superior de policía empapado por la lluvia. Llevaba un enorme sombrero negro y un impermeable con la manga izquierda arrancada.

—Déjeme entrar.

Montalbano se apartó y el hombre entró. El comisario lo siguió maquinalmente, como un sonámbulo, olvidando cerrar la puerta, que empezó a golpetear contra la pared a causa del viento. Al llegar a la primera silla que encontró, Bonetti-Alderighi, más que sentarse, se derrumbó sobre ella. Luego, bajo la estupefacta mirada de Montalbano, se cubrió el rostro con las manos y se echó a llorar.

Las preguntas que rondaban la cabeza del comisario adquirieron una aceleración de despegue de avión; aparecían y desaparecían, nacían y morían a una velocidad tal que le impedía atrapar por lo menos una que fuera clara y exacta. Ni siquiera conseguía abrir la boca.

—¿Puede esconderme en su casa? —preguntó ansioso el jefe superior.

¿Esconderlo? ¿Y por qué el jefe superior necesitaba esconderse? ¿Quería dárselas de fugitivo? ¿Qué había hecho? ¿Quién lo buscaba?

—No... no entiendo qué...

Bonetti-Alderighi lo miró perplejo.

—Pero cómo, Montalbano, ¿no sabe nada?

—No.

—¡La mafia ha tomado el poder esta noche!

—Pero ¡¿qué dice?!

—¿Y qué quería usted que acabara sucediendo en este desventurado país? Una ley de mierda hoy, una ley de mierda mañana, hasta llegar a donde hemos llegado. ¿Me da un vaso de agua, por favor?

—En... enseguida.

Se le ocurrió que el jefe superior no andaba bien de la cabeza. Tal vez había sufrido un accidente de tráfico y ahora el susto le hacía decir incongruencias. Lo mejor era llamar a jefatura. O quizá a un médico. Pero entretanto no había que despertar las sospechas de aquel desdichado. Por eso, y de momento, había que seguirle la corriente.

Se dirigió a la cocina, pulsó instintivamente el interruptor y la luz se encendió. Llenó un vaso, dio media vuelta, y al llegar a la puerta se quedó paralizado, como una estatua de las que ahora están de moda, incluso podría haberse llamado *Hombre desnudo con vaso en la mano*.

La habitación estaba iluminada, pero Bonetti-Alderighi ya no se encontraba allí; en su lugar había sentado un hombre bajo y rechoncho con boina, al cual reconoció enseguida. ¡Totò Riina! ¡Lo habían sacado de la cárcel! O sea, que el jefe superior no había enloquecido; ¡lo que le había contado era la pura y simple verdad!

—*Bonasira* —saludó Riina—. Perdone la hora y el momento, pero dispongo de poco tiempo y fuera me espera un helicóptero para llevarme a Roma a formar gobierno. Ya tengo algún nombre: Bernardo Provenzano, vicepresidente; uno de los hermanos Caruana en Exteriores; Leoluca Bagarella en Defensa... Pero he venido a verlo para hacerle una pregunta, y usted, comisario Montalbano, tiene que contestarme enseguida si sí o si no. ¿Quiere ser mi ministro de Interior?

Antes de que Montalbano pudiera contestar, apareció Catarella en la habitación. Empuñaba un revólver con el que apuntó al comisario; gruesas lágrimas le surcaban el rostro.

—Si usía, *dottori*, le dice que sí a este delincuente, ¡yo lo mato personalmente en persona!

Pero Catarella se distrajo mientras hablaba. Y Riina, más rápido que una serpiente, cogió su pistola y disparó. La luz de la habitación se apagó y...

Montalbano se despertó. Lo único verdadero del sueño que acababa de tener era la tormenta que sacudía las contraventanas, que habían quedado abiertas. Se levantó, fue a cerrarlas y volvió a acostarse después de haber mirado el reloj. Las cuatro. Quería recuperar el sueño, pero tuvo que conversar con el otro Montalbano detrás de los párpados obstinadamente cerrados.

¿Qué significaba este sueño?

¿Y por qué quieres encontrarle un significado, Montalbà? ¿A menudo no te ocurre que tienes sueños de mierda... perdón, sin pies ni cabeza?

Eso de que son sueños sin pies ni cabeza lo dices tú, que eres tan ignorante como una bestia. A ti te lo parecen, pero ¡cuéntaselos al señor Freud y verás lo que éste es capaz de sacar de ellos!

¿Y por qué tengo que ir a contarle mis sueños al señor Freud?

Porque, si no consigues explicarte o hacer que te expliquen el sueño, no podrás volver a dormirte.

Pues vale. Pregunta.

¿Qué te ha causado mayor impresión de todo lo que has soñado?

El cambio.

¿Cuál?

Que, al regresar de la cocina, en lugar de Bonetti-Alderighi estuviera Totò Riina.

Explícate mejor.

Que en lugar del jefe superior de policía, representante de la ley, estuviera el número uno de la mafia, el jefe de los que están contra la ley.

O sea, me estás diciendo que en tu habitación, en tu casa, entre tus cosas, te has visto obligado a acoger tanto a la ley como a quien está fuera de la ley.

¿Y qué?

¿No podría ser que, en tu fuero interno, la línea divisoria entre la ley y la ausencia de ella esté resultando cada día menos visible?

¡Qué chorradas dices!

Pues entonces planteémoslo de otra manera. ¿Qué te han dicho?

Bonetti-Alderighi me ha pedido que lo escondiera, me ha pedido ayuda.

¿Y eso te ha sorprendido?

¡Pues claro!

¿Y qué te ha pedido Totò Riina?

Que fuera su ministro de Interior.

¿Y eso te ha sorprendido?

Pues sí.

¿Te ha sorprendido tanto como la petición de ayuda del jefe superior? ¿Más? ¿Menos? Contesta con sinceridad.

Pues no. Menos.

¿Por qué menos? ¿Para ti es normal que un capo de la mafia te pida que trabajes con él?

No; la cuestión no hay que verla así. En ese momento, Riina ya no era un capo de la mafia, sino que estaba a punto de convertirse en primer ministro. Y me pedía que colaborara con él en calidad de primer ministro.

¡Quieto! Aquí las opciones son dos: o piensas que el hecho de que se haya convertido en primer ministro borra automáticamente todos sus delitos precedentes, escabechinas y matanzas incluidas, o bien perteneces a esa categoría de policías que sirven siempre y en todo caso a quien ocupa el poder, sin mirar quién es, si un hombre de bien o un delincuente, si fascista o comunista. ¿A cuál de estas dos categorías crees pertenecer?

¡Pues no! ¡Lo estás poniendo muy fácil!

¿Por qué?

¡Porque ha aparecido Catarella!

¿Y eso qué significa?

Que yo, a la propuesta de Riina, en realidad he dicho que no.

Pero ¡si no has abierto la boca!

He dicho que no a través de Catarella. Él empuña un revólver, me apunta y me dice que me mata si accedo. Es como si Catarella fuera mi conciencia.

¿A qué viene esta novedad? ¿Catarella es tu conciencia?

¿Y por qué no? ¿Recuerdas mi respuesta a aquel periodista que un día me preguntó si creía en el ángel de la guarda? Yo le contesté que sí. Y entonces él me preguntó si lo había visto alguna vez. Y yo le contesté que sí, que lo veía todos los días. Entonces quiso saber si tenía nombre. Y yo respondí que se llamaba Catarella. Era una broma, naturalmente, pero después, pensándolo mejor, comprendí que era poca broma y mucha verdad.

¿Conclusión?

La cosa hay que leerla al revés. La escena de Catarella significa que, antes que aceptar la propuesta de Riina, yo habría preferido pegarme un tiro.

Montalbà, ¿estás seguro de que Freud lo habría interpretado así?

¿Sabes qué te digo? Que me importa un bledo Freud. Y ahora déjame dormir, que ha vuelto a entrarme sueño.

Cuando despertó ya eran más de las nueve. No se veían relámpagos ni se oían truenos, pero fuera el tiempo debía de ser un asco. ¿Quién lo obligaba a levantarse? Le dolían las dos viejas heridas, y algún otro dolorcito, desagradable compañero de la edad, había despertado con él. Mejor aprovechar un par de horas de sueño más. Se levantó, se dirigió al comedor, desconectó el teléfono, volvió a acostarse, se tapó y cerró los ojos.

· · ·

Los abrió apenas media hora después por culpa del insistente timbre del teléfono. Pero ¿cómo coño podía sonar si estaba seguro de haberlo desconectado? Entonces, si no era el
teléfono, ¿qué era lo que hacía aquel ruido? ¡Pues el timbre
de la puerta, gilipollas! Dentro de su cabeza se agitaba una
especie de aceite de motor, espeso y viscoso. Vio los pantalones en el suelo, se los puso y fue a abrir soltando maldiciones.
Era Catarella, respirando afanosamente.

—Ah, *dottori, dottori...*

—Oye, no me digas nada, no hables. Ya te diré cuándo
puedes abrir la boca. Yo voy a acostarme y tú vas a la cocina.
Preparas una cafetera de café cargado, llenas un tazón, le pones tres cucharaditas de azúcar y me lo traes. Después me cuentas lo que tengas que contar.

Cuando llegó con el humeante tazón, Catarella tuvo que
zarandear al comisario para despertarlo. En aquellos diez
minutos había vuelto a dormirse. «Pero ¿cómo funciona este
asunto? —se preguntó mientras se bebía el café, que parecía
caldo de achicoria recalentado—. ¿No es cosa sabida que en
la vejez se necesita dormir cada vez menos? ¿Y cómo es que
yo, conforme pasan los años, cada vez tengo más sueño?»

—*Dottori*, ¿qué le ha parecido el café?

—Excelente, Catarè.

Y corrió al cuarto de baño a enjuagarse la boca; de lo contrario tendría náuseas.

—Catarè, ¿es algo urgente?

—Relativamente, *dottori*.

—Pues entonces espera a que me duche y me vista.

Tras hacerlo, fue a la cocina y se preparó un café como
Dios manda.

Cuando regresó al comedor, Montalbano encontró a Catarella delante de la cristalera que daba a la galería. Había subido
las persianas.

Diluviaba. El mar había llegado justo bajo la galería, que de vez en cuando se estremecía por entero a causa del fuerte embate de alguna ola.

—¿Ahora puedo hablar, *dottori*? —preguntó Catarella.

—Sí.

—*Dottori*, un muerto encontraron.

¡Menudo descubrimiento! ¡El gran hallazgo! Por lo visto, había aparecido el cadáver de alguien muerto de muerte blanca, tal como decían los periodistas cuando desaparecía uno de repente y adiós muy buenas. Pero ¿por qué dar un color a la muerte? ¡La muerte blanca! Como si existiera una verde, una amarilla... La muerte, si de verdad nos empeñáramos en darle un color, no podría ser más que negra, negra como la tinta.

—¿Es fresco del día?

—No me lo dijeron, *dottori*.

—¿Dónde lo han encontrado?

—En el campo, *dottori*. En el término de Pizzutello.

¡Vaya por Dios! Un lugar solitario de estas tierras del Señor, lleno de precipicios y pedregales, donde un cadáver podía estar como en su casa sin que jamás lo descubrieran.

—¿Ya ha ido alguno de los nuestros?

—Sí, señor *dottori*. Fazio y el *dottori* Augello *si* hallan en el lugar de los hechos.

—Pues entonces, ¿por qué has venido a tocarme los cojones?

—*Dottori*, pido comprensión y perdón, pero así me *tilifonió* el *dottori* Augello, me dijo que le dijera que su presencia personalmente en persona era indispensable. Y yo, como el *tilífono* suyo de usía no contestaba, vine a recogerlo con el chip.

—¿Por qué con el jeep?

—Porque el coche no puede llegar al lugar, *dottori*.

—Pues muy bien, vamos allá.

—*Dottori*, me dijo también que le dijera que es mejor que lleve botas, se cubra la cabeza con una capucha y se ponga el *imprimiable*.

El estallido y la avalancha de juramentos de Montalbano aterrorizaron a Catarella.

El diluvio no daba señales de amainar. Circulaban prácticamente a ciegas, porque los limpiaparabrisas no daban abasto para apartar el agua. Además, el último kilómetro antes de llegar a donde habían encontrado el cadáver era algo intermedio entre una montaña rusa y un terremoto de ocho grados en plena actividad. El mal humor del comisario se agravó en un silencio que pesaba un quintal, y eso puso nervioso a Catarella, cuya manera de conducir hizo que no se perdiesen ni un solo bache transformado en pequeña laguna.

—¿Te has traído el chaleco salvavidas?

Catarella no contestó; habría preferido ser el muerto al que iban a ver. En cierto momento el estómago de Montalbano debió de alterarse, porque le subió a la boca el vomitivo sabor del café de Catarella.

Al final, ayudados por la Providencia, se detuvieron junto al otro jeep, el de Augello y Fazio. Sólo que por allí no se veía ni a Augello ni a Fazio ni ningún cadáver.

—¿Jugamos al escondite? —preguntó Montalbano.

—*Dottori*, a mí me dijeron que me detuviera en cuanto viese el chip de ellos.

—Toca.

—¿Qué tengo que tocar, *dottori*?

—¿Qué coño quieres tocar, Catarè? ¿El clarinete? ¿El saxo tenor? ¡Toca el claxon!

—El *clacoson* no funciona, *dottori*.

—Eso quiere decir que esperaremos aquí hasta que se haga de noche.

Encendió un cigarrillo. Cuando lo terminó, Catarella tomó una decisión.

—*Dottori*, voy yo a buscarlos. Como el chip está aquí, puede que ellos estén por los alrededores.

—Toma mi impermeable.

—No, señor *dottori*, no puedo.

—¿Por qué?

—Pues porque el *imprimiable* es de paisano y yo voy de uniforme.

—Pero ¿aquí quién te ve?

—*Dottori*, el uniforme siempre es el uniforme.

Catarella abrió la puerta, bajó, exclamó «¡ah!» y se alejó. Su desaparición fue tan rápida que Montalbano temió que hubiera caído en una zanja inundada y se estuviese ahogando. Bajó también y, en un santiamén, se vio resbalando unos diez metros con el trasero en el suelo por una pendiente fangosa, al final de la cual estaba Catarella, que parecía una escultura de arcilla fresca.

—Paré el chip justo en el borde y no me di cuenta, *dottori*.

—Ya lo he notado, Catarè. ¿Y ahora cómo hacemos para subir?

—*Dottori*, ¿ha visto que ahí empieza un camino? Yo voy delante y usted me sigue con cuidado, *dottori*, porque está muy *risbaladizo*.

Unos cincuenta metros más allá, el sendero giraba a la derecha. La intensidad de la lluvia impedía ver incluso a escasa distancia. De pronto, Montalbano oyó que lo llamaban desde arriba.

—¡*Dottore*, estamos aquí!

Levantó los ojos. Fazio se encontraba en una especie de montículo al que se accedía por medio de tres peldaños excavados en la tierra. Se protegía con un enorme paraguas rojo y amarillo de pastor. ¿De dónde lo habría sacado? Para subir, Montalbano necesitó que Catarella lo empujara por detrás y que Fazio tirara de él hacia arriba. «Esta vida ya no es para mí», pensó con amargura. El montículo era una explanada muy pequeña delante de la boca de una cueva en la que se cabía de pie. El comisario palideció nada más entrar.

En la cueva hacía calor, había una hoguera en el interior de un círculo de piedras, y de la bóveda colgaba un quinqué que arrojaba suficiente luz alrededor. Sentados en taburetes hechos con ramas de árbol estaban Mimì y un sexagenario con una pipa en la boca, jugando a la escoba sobre una mesita hecha también de ramas. De vez en cuando bebían por turnos un sorbo de vino de una botella colocada en el suelo. Una escena pastoral. Tanto más cuando del cadáver no se veía ni la sombra. El sexagenario lo saludó; Mimì no. Desde hacía un mes, Augello se la tenía jurada al universo mundo.

—El muerto lo ha descubierto ese señor que está jugando con el *dottor* Augello —dijo Fazio señalando al hombre—. Se llama Pasquale Ajena y este terreno es suyo. Viene aquí todos los días. Ha arreglado la cueva porque aquí dentro come, descansa o se pasa el rato contemplando el paisaje.

—¿Puedo saber humildemente dónde coño está el muerto?

—*Dottore*, parece que se encuentra unos cincuenta metros más abajo.

—¡¿Cómo que parece?! ¿Todavía no lo habéis visto?

—No. Pasquale Ajena nos ha dicho que el lugar es prácticamente inaccesible si no para de llover.

—Pero ¡aquí parará de llover como mínimo esta noche!

—Dentro de una hora dejará de llover —intervino decidido Ajena—. Garantizado al cien por cien. Después volverá a empezar.

—¿Y entretanto qué hacemos nosotros aquí?

—¿Ha comido esta mañana? —preguntó Ajena.

—No.

—¿Quiere un poco de queso fresco con una buena rebanada de pan de trigo hecho ayer?

El corazón de Montalbano se abrió de golpe a una brisa de alegría.

—¿Por qué no?

Ajena se levantó, abrió un zurrón de considerable tamaño colgado de un clavo y sacó una hogaza de pan, un queso entero y otra botella de vino. Apartó las cartas y lo colocó todo encima de la mesita. Después se sacó de un bolsillo de los pantalones una navaja —de las que se usan para cortar jabón—, la abrió y la dejó junto al pan.

—Pueden servirse.

Se sirvieron.

—¿Quiere decirme por lo menos cómo ha encontrado el cadáver? —preguntó Montalbano con la boca llena.

—¡Pues no! —estalló Mimì Augello—. Antes he de terminar la partida. ¡Aún no he conseguido ganar ni una!

Mimì perdió también aquella partida y quiso la revancha, y después otra revancha más. Montalbano, Fazio y Catarella, que se estaba secando junto al fuego, se comieron el queso, tan tierno que se deshacía en la boca, y se bebieron toda la botella como quien no quiere la cosa.

Así transcurrió una hora.

Y, tal como había previsto Ajena, el cielo se despejó.

2

—Estaba aquí —dijo Ajena mirando hacia abajo—. En fin.

Se hallaban codo con codo por encima de una vereda estrecha, contemplando a sus pies un terreno muy inclinado, casi un precipicio. Pero no se trataba de terreno propiamente dicho. Era un conjunto de losas de arcilla grisáceas y amarillentas en cuyo interior no penetraba el agua, cubiertas, o mejor untadas, por una especie de pátina de traicionera espuma de afeitar, pues era evidente que bastaba poner un pie encima para ir a parar veinte metros más abajo.

—Estaba justamente aquí —repitió Ajena.

Y ahora ya no estaba. El muerto viajero, el muerto errante.

Durante el descenso hacia el lugar donde Ajena había visto el cadáver había sido imposible intercambiar palabra, porque habían tenido que caminar en fila india. Delante iba Pasquale Ajena, que se apoyaba en un bastón de pastor; detrás Montalbano, que se apoyaba en él con una mano sobre su hombro; después Augello, que se apoyaba en el hombro de Montalbano; y detrás Fazio, que se apoyaba en Augello.

Montalbano recordaba haber visto algo parecido en un célebre cuadro. ¿Brueghel? ¿El Bosco? Pero no era momento para pensar en arte.

Catarella, que era el último de la fila, aparte del último en orden jerárquico, no tenía valor para apoyarse en quien lo precedía, y por eso de vez en cuando resbalaba sobre el barro y chocaba contra Fazio, el cual chocaba contra Augello, el cual chocaba contra Montalbano, el cual chocaba contra Ajena, y todos corrían peligro de caer derribados como bolos.

—Oiga, Ajena —dijo Montalbano muy nervioso—, ¿está absolutamente seguro de que el lugar era éste?

—Comisario, aquí todo es mío, y yo vengo a diario tanto si llueve como si hace sol.

—Pues entonces vamos a hablar.

—Si a usía le apetece hablar, hablemos —repuso Ajena, encendiendo la pipa.

—El cadáver, según usted, ¿estaba aquí?

—¿Es que está sordo? ¿Y qué significa «según usted»? Estaba justo aquí —contestó Ajena, señalando con la pipa el principio de las losas de arcilla, a escasa distancia de sus pies.

—O sea, que estaba a la vista, al aire libre.

—Digamos que sí y digamos que no.

—Explíquese mejor.

—Señor comisario, aquí todo es arcilla. Este lugar se llama desde siempre 'u critaru, el arcillar, y por eso...

—¿Qué saca usted de un lugar como éste?

—Vendo la arcilla a los que hacen vasijas, tinajas, ánforas...

—Muy bien, siga.

—Bueno, pues cuando no llueve, y aquí llueve poco, la arcilla queda cubierta por la tierra que resbala desde la colina. Hay que excavar casi medio metro para encontrarla. ¿Me explico?

—Sí.

—Pero cuando llueve, si lo hace con fuerza, el agua se lleva la tierra que la cubre y la arcilla queda a la vista. Así ha ocurrido esta mañana: el agua se ha llevado la tierra hacia abajo y ha destapado al muerto.

—Por consiguiente, ¿usted me está diciendo que el cadáver había sido enterrado en el mantillo y que la lluvia lo ha desenterrado?

—Sí, señor. Precisamente. Yo pasaba por aquí para subir a la cueva, y así es como he visto la bolsa.

De inmediato se alzó un coro formado por las voces de Montalbano, Augello, Fazio y el propio Catarella.

—¿Qué bolsa?

—Una bolsa grande, negra, de plástico, de las que se usan para la basura.

—¿Cómo sabe que dentro había un cadáver? ¿La ha abierto?

—No era necesario abrirla. Se había roto un poco y por el agujero asomaba un pie con los cinco dedos cortados, de manera que me ha costado reconocerlo como un pie.

—¿Ha dicho cortados?

—Cortados o comidos por algún perro.

—Comprendo. ¿Y entonces qué ha hecho?

—He seguido caminando y he llegado a la cueva.

—¿Y cómo ha llamado a comisaría? —preguntó Fazio.

—Con el móvil que llevo en el bolsillo.

—¿Qué hora era cuando ha visto la bolsa? —dijo Augello.

—Podían ser las seis de la mañana.

—¿Y usted ha tardado más de una hora en llegar desde aquí a la cueva y llamarnos? —exclamó.

—A usía, perdone, ¿qué coño le importa el rato que haya tardado?

—¡Vaya si me importa! —replicó Mimì enfurecido.

—Nosotros hemos recibido su llamada a las siete y veinte —explicó Fazio—. Una hora y veinte minutos después de que usted descubriera la bolsa.

—¿Qué ha hecho? ¿Se ha tomado la molestia de avisar a alguien para que viniera a llevarse al muerto? —preguntó Augello, que de pronto parecía el policía taimado y perverso de las películas americanas.

Preocupado, Montalbano pensó que Mimì no estaba haciendo comedia.

—Pero ¿qué dice? ¿Qué le pasa por la cabeza? ¡Yo no he avisado a nadie!

—¡Pues entonces díganos qué ha hecho durante esa hora y veinte minutos!

Mimì lo había apresado como un perro furioso y no lo soltaba.

—Me lo he pensado.

—¿Se ha pasado una hora y media pensando?

—Sí, señor.

—¿En qué?

—En si era mejor telefonear o no.

—¿Por qué?

—Porque si uno tiene tratos con ustedes los mad... siempre sale perjudicado.

—¿Iba a decir maderos? —preguntó Mimì con el rostro encarnado, a punto de darle un puñetazo.

—¡Calma, Mimì! —exclamó Montalbano.

—Oiga —continuó Augello, que quería provocar al hombre—, para llegar a la cueva hay dos caminos, uno de subida y otro de bajada. ¿Es así?

—Exactamente.

—¿Por qué a nosotros sólo nos ha indicado el camino de bajada? ¿Para que nos rompiéramos el cuello?

—Porque ustedes jamás habrían conseguido subir. El camino, con el agua que caía, se había vuelto de barro resbaladizo.

Se oyó un sordo retumbo. Todos miraron al cielo; el ojo de la tormenta, en lugar de abrirse, se iba cerrando. Y todos pensaron lo mismo: si no encontraban pronto el cadáver, corrían el riesgo de empaparse.

—¿Usted cómo se explica que el cadáver ya no esté? —terció Montalbano.

—Bueno. O el agua y la tierra han arrastrado la bolsa hasta el fondo del precipicio o alguien ha venido a buscarlo.

—Quite, hombre —resopló Mimì—. Si alguien hubiera venido aquí para llevarse el cadáver, habría dejado huellas en el barro. En cambio, no se ve nada.

—¿Y eso qué significa? —replicó Ajena—. Con toda el agua que ha caído, ¿usía todavía quiere encontrar huellas?

En ese momento de la discusión, vete tú a saber por qué, Catarella dio un paso al frente. Y fue el comienzo del segundo resbalón de la mañana. Le bastó con apoyar medio pie sobre la arcilla para efectuar una especie de paso de patinaje artístico, un pie sobre el camino, el otro sobre una losa. Fazio, que estaba a su lado, intentó agarrarlo al vuelo, pero no lo consiguió. Es más, con el movimiento que hizo, le dio un fuerte empujón involuntario. Entonces Catarella se quedó un instante con los brazos extendidos, después dio media vuelta, se puso de espaldas y patinó hacia delante.

—¡El equilibrio perdí! —anunció, dando voces urbi et orbi.

Después cayó fuertemente de culo y, de esa manera, sentado en un invisible y pequeño trineo, empezó a coger velocidad, mientras Montalbano recordaba una regla de física aprendida en la escuela que decía: *Motus in fine velocior*, el movimiento es más rápido al final.

A continuación lo vieron caer hacia atrás, tumbado con la espalda sobre la arcilla, y avanzar a una velocidad de practicante de *bobsleigh*. La carrera terminó veinte metros más abajo, al final del precipicio, contra un gran matorral, donde el cuerpo de Catarella entró como un proyectil y desapareció.

Ninguno de los espectadores abrió la boca, ninguno se movió. Se habían quedado hechizados por el espectáculo.

—Organizad medidas de socorro —ordenó Montalbano poco después.

Todo el asunto le había tocado tanto los cojones que ni siquiera le apetecía reír.

—¿Cómo se puede ir a recogerlo? —le preguntó Augello a Ajena.

—Bajando por este mismo caminito se pasa cerca del lugar.

—Pues entonces, vamos.

Pero en ese momento Catarella emergió del matorral. Durante el descenso había perdido los pantalones y los calzoncillos, y se cubría púdicamente sus vergüenzas con las manos.

—¿Qué te has hecho? —le preguntó Fazio a gritos.

—Nada. He encontrado la bolsa del cadáver. Aquí está.

—¿Bajamos? —preguntó Augello a Montalbano.

—No. Total, ahora ya sabemos dónde está. Tú, Fazio, ve al encuentro de Catarella. Tú, Mimì, espéralos en la cueva.

—¿Y tú?

—Yo cojo el todoterreno y regreso a Marinella. Ya estoy más que harto.

—Perdona, ¿y la investigación?

—¿Qué investigación, Mimì? Si el muerto fuera reciente, puede que nuestra investigación sirviese de algo. Pero a éste vete a saber cuándo y dónde lo mataron. Hay que llamar al ministerio público, al forense y a la Científica. Hazlo enseguida, Mimì.

—Pero ¡ésos tardarán unas dos horas como mínimo en llegar hasta aquí desde Montelusa!

—Y dentro de unas dos horas volverá a llover más fuerte —terció Ajena.

—Mejor así —dijo Montalbano—. ¿Tenemos que empaparnos sólo nosotros?

—Pero ¿yo qué hago en esas dos horas? —le preguntó Mimì en tono desabrido.

—Juegas a la escoba. —Después, al ver que Ajena se estaba alejando, añadió—: ¿Por qué has llamado a Catarella y le has dicho que mi presencia aquí era indispensable?

—Porque me parecía...

—Mimì, a ti no te parecía nada. Tú has querido que yo viniera con la única finalidad de tocarme los cojones haciendo que me empapara.

—Salvo, tú mismo lo has dicho hace un momento: ¿por qué teníamos que empaparnos sólo Fazio y yo mientras tú te quedabas calentito en la cama?

Montalbano no pudo menos que percibir la rabia que encerraban aquellas palabras. Mimì no lo había hecho en broma. Pero ¿qué le estaba ocurriendo?

Llegó a Marinella cuando acababa de empezar a diluviar. La hora de comer ya había pasado hacía un buen rato y, además, la mañana al aire libre le había abierto el apetito. Fue al cuarto de baño, se cambió de ropa y corrió a la cocina. Adelina le había preparado pasta 'ncasciata y, de segundo, conejo a la cazadora. Raras veces lo hacía, pero, cuando se lo preparaba, a Montalbano se le llenaban los ojos de lágrimas de alegría.

Fazio regresó a la comisaría cuando ya oscurecía. Debía de haber pasado por su casa para lavarse y cambiarse de ropa. Pero se lo veía cansado; la jornada en el arcillar no había sido fácil.

—¿Y Mimì?

—Se ha ido a descansar, *dottore*. Se notaba unas décimas de fiebre.

—¿Y Catarella?

—Él tenía algo más de unas décimas. Como mínimo treinta y ocho. Quería venir a pesar de todo, pero yo le he ordenado que se fuera a la cama.

—¿Habéis encontrado la bolsa?

—¿Quiere saber una cosa, *dottore*? Cuando hemos regresado al arcillar junto con los de la Científica, el ministerio público, el doctor Pasquano y los camilleros, llovía a cántaros, y en el matorral donde Catarella decía haber encontrado la bolsa, la bolsa ya no estaba.

—Bueno, ¡menuda lata de muerto! Así pues, ¿dónde estaba?

—El agua y el barro lo habían arrastrado diez metros más abajo. Pero una parte de la bolsa se había roto, y, por eso, algunos trozos...

—¿Trozos? ¿Qué trozos?

—El muerto, antes de ser introducido en la bolsa, fue troceado.

O sea, que Ajena había visto bien: habían cortado los dedos del pie.

—¿Y qué habéis hecho?

—Hemos tenido que esperar a que llegara *Cocò* desde Montelusa.

—¿Y ése quién es? No lo conozco.

—*Dottore*, es un perro. Habilísimo. Ha encontrado cinco trozos, entre ellos la cabeza, que se habían escurrido de la bolsa y estaban diseminados por allí. A continuación, el doctor Pasquano ha dicho que, a simple vista, le parecía que el muerto estaba entero. Y así hemos podido regresar finalmente.

—¿Tú has visto la cabeza?

—Sí, señor, pero no me ha servido de nada. El muerto ya no tenía cara. Se la habían borrado por completo, golpeándola decenas de veces con un martillo o una maza, un objeto pesado en cualquier caso.

—No querían un reconocimiento inmediato.

—Seguro, *dottore*. Porque también he visto que le cortaron el índice de la mano derecha. Le habían quemado la yema.

—¿Y tú sabes lo que significa eso?

—Sí, señor *dottore*. Que, a lo mejor, el muerto tenía antecedentes penales y se le podría identificar con las huellas digitales. Y por eso han actuado en consecuencia.

—¿Pasquano ha logrado estimar cuánto tiempo hace que lo mataron?

—Como mínimo, dos meses. Pero dice que tendrá que verlo mejor con la autopsia.

—¿Sabes cuándo la hará?

—Mañana por la mañana.

—Y en dos meses nadie ha denunciado la desaparición de ese hombre.

—*Dottore*, las posibilidades son dos. O no la han denunciado o la han denunciado.

Montalbano lo miró con admiración.

—¡Bien por ti, Fazio! ¿Sabes quién era el señor de La Palisse?

—No, señor *dottore*. ¿Quién era?

—Uno que un cuarto de hora antes de morir aún estaba vivo.

Fazio lo cogió al vuelo.

—¡Pues no, *dottore*! ¡Usía tenía que dejarme terminar!

—Pues entonces termina; por un instante he temido que te hubieras contagiado de Catarella.

—Quería decir que es posible que se denunciara la desaparición del muerto, pero como nosotros no sabemos quién es el muerto...

—Comprendo. Lo único que podemos hacer es esperar a lo que Pasquano diga mañana.

En Marinella lo recibió el timbre del teléfono, que sonaba mientras él intentaba abrir la puerta de su casa, confundiéndose con las llaves.

—Hola, cariño, ¿cómo estás? —Era Livia; parecía contenta.

—He tenido una mañana bastante dura. ¿Y tú?

—Yo me lo he pasado muy bien. No he ido al despacho.

—Ah, ¿no? ¿Y por qué?

—No tenía ganas. Era una mañana preciosa. Ir a trabajar habría sido un pecado mortal. Un sol, Salvo de mi alma, que parecía el vuestro.

—¿Y qué has hecho?

—Me he ido a dar un paseo.

—Claro, tú puedes permitírtelo —se le escapó.

Livia no se lo perdonó.

• • •

Más tarde se sentó malhumorado delante del televisor. Sobre una silla al lado de su butaca colocó dos platos, uno de aceitunas negras pasas, aceitunas y sardinas saladas, y otro con queso fresco y queso de Ragusa. Llenó también un vaso de vino, pero, por si acaso, dejó la botella cerca. Encendió el televisor. Daban una película ambientada en un país asiático durante las grandes lluvias. Pero ¿cómo? ¿Fuera estaba diluviando de verdad y él estaba allí mirando un diluvio falso? Cambió de canal. Otra película. Una mujer, tumbada desnuda en una cama, miraba con los ojos entornados a un muchacho que se estaba desnudando y se veía de espaldas. Cuando el chico se bajó los calzoncillos, la mujer abrió los ojos como platos, se medio incorporó y se llevó una mano a la boca, sorprendida y maravillada por lo que veía. Cambió de canal. El jefe del Gobierno explicaba por qué la economía del país se estaba yendo a la mierda: la primera razón era el ataque terrorista contra las Torres Gemelas; la segunda, el tsunami; la tercera, el euro; la cuarta, la oposición comunista, que no colaboraba... Cambió de canal. Un cardenal hablaba del carácter sagrado de la familia. Entre quienes lo escuchaban en primera fila había unos cuantos políticos, de los cuales dos estaban divorciados, otro convivía con una menor de edad tras haber abandonado a la mujer y tres hijos, un cuarto mantenía una familia oficial y dos familias oficiosas, y un quinto jamás se había casado porque era del dominio público que no le gustaban las mujeres. Todos aprobaban con rostro muy serio las palabras del cardenal. Cambió de canal. Y se le apareció la cara de culo de gallina de Pippo Ragonese, el periodista príncipe de Televigàta.

«...y, por consiguiente, el descubrimiento del cadáver de un hombre bárbaramente asesinado, cortado en pedazos e introducido en una bolsa de basura, nos inquieta por varias razones. Pero la principal es que la investigación se ha encomendado al comisario Salvo Montalbano de Vigàta, del cual, por desgracia, hemos tenido ocasión de ocuparnos otras veces. Le hemos reprochado no tanto tener ideas políticas (aunque todas sus palabras rezuman, en efecto, comunismo), sino más bien no tenerlas en el transcurso de sus investigaciones. O que si se le ocurre alguna idea, ésta siempre resulta absurda, descabellada, carente de fundamento. Quisiéramos hacerle una sugerencia. Pero ¿nos escuchará? La sugerencia es ésta: hace unos quince días, en las cercanías del lugar llamado *'u critaru*, donde se encontró el cadáver, un cazador se tropezó con dos bolsas de plástico que contenían los restos de dos terneritos. ¿No podría haber una relación entre ambos hechos? ¿No podría tratarse de un rito satánico que...?»

Apagó el televisor. ¡Rito satánico, una mierda! Dejando a un lado que las dos bolsas se encontraron a cuatro kilómetros de distancia del *critaru*, se supo que habían sido abandonadas después de un operativo de los carabineros contra el sacrificio clandestino de reses.

Fue a acostarse, harto del universo mundo. Pero antes, soltando tacos, se tomó una aspirina. Con el remojón de la mañana y la maldita vejez, quizá sería mejor que se cuidara.

A la mañana siguiente, cuando se despertó después de una noche de sueño un tanto agitado y abrió la ventana, se quedó encantado. Brillaba un sol de julio en un cielo esplendoroso, como recién lavado con detergente. El mar, que llevaba dos días cubriendo por completo la playa, se había retirado, pero había dejado la playa llena de bolsas de basura, vasijas, botellas de plástico, cajas rotas y porquerías varias. Montalbano recordó que, en tiempos ya lejanos, cuando el mar se retiraba, dejaba en la arena sólo algas perfumadas y bellísimos caparazones de moluscos que eran como un regalo que el mar hacía a los hombres. Ahora, en cambio, nos devolvía nuestra propia asquerosidad.

Y también recordó una sátira que había leído de pequeño y se llamaba *El diluvio*, donde se sostenía que el próximo diluvio no se debería al agua del cielo sino a la de todos los retretes, todas las letrinas, todas las cloacas y todos los pozos negros del mundo, que empezarían a vomitar irremediablemente hasta ahogarnos en nuestra propia mierda.

Salió a la galería y bajó a la playa.

El hueco que había entre la arena y la base de cemento que sostenía el suelo de la galería se había llenado por completo con un buen surtido de materiales más o menos repugnantes, entre ellos el esqueleto de un perro.

Soltando maldiciones como un poseso, entró de nuevo en casa, se puso unos guantes de cocina, cogió una especie de gancho que Adelina utilizaba para finalidades misteriosas y empezó a limpiar.

Al cabo de un cuarto de hora, sintió una punzada en la espalda que lo dejó paralizado. Pero ¿quién lo mandaba meterse en semejantes berenjenales a su edad?

—¿De verdad estoy tan mal? —se preguntó.

Tuvo un arrebato de amor propio y reanudó la tarea a pesar del dolor. Cuando terminó de meter la basura en dos bolsas grandes, se notó todos los huesos doloridos. Pero tenía que seguir porque se le había ocurrido una idea. Entró en casa, escribió «CABRÓN» en una hoja en blanco y la introdujo en una de las bolsas. Después las colocó en el maletero de su coche, se duchó, se vistió y se fue.

3

Pasado un pueblo que se llamaba Rattusa, vio una cabina telefónica que funcionaba de milagro. Se detuvo, bajó y marcó un número.

—¿El periodista Ragonese?

—Yo mismo. ¿Con quién hablo?

—Me llamo Russo, Luicino Russo, y soy cazador —contestó Montalbano disimulando la voz.

—Dígame, señor Russo.

—La cosa se ha repetido —dijo el comisario en tono conspirador.

—¿Qué cosa, perdone?

—La del rito satánico del que usía habló ayer en la televisión. He encontrado otras dos bolsas.

—¿De veras? —preguntó Ragonese, súbitamente interesado—. ¿Dónde las ha encontrado?

—Aquí —respondió, interpretando el papel de imbécil.

—¿Aquí dónde?

—Aquí donde estoy.

—Sí, pero ¿dónde está?

—En el término de Spiranzella, precisamente donde hay cuatro grandes olivos. —A cincuenta kilómetros de distancia de la residencia del periodista—. ¿Qué hago? ¿Llamo a la policía?

—No, hombre; la llamaremos juntos. De momento no se mueva de ahí. Y, sobre todo, no avise a nadie. Voy enseguida.

—¿Viene solo?

—No; con un cámara.

—¿Y a mí me cogerá?

—¿En qué sentido?

—¿Me fotografiará a mí? ¿Me sacará en la televisión? Así me verá todo el mundo. Eso me gustaría mucho.

Volvió a subir al coche, llegó al término de Spiranzella, dejó las bolsas debajo de uno de los cuatro olivos y se fue.

Al entrar en la comisaría, encontró a Catarella en su sitio.

—Pero ¿tú no tenías fiebre?

—Me la he quitado, *dottori*.

—¿Cómo?

—Me tomé cuatro aspirinas, luego me bebí un vaso de vino caliente y luego me acosté y me dormí. Así se me pasó.

—¿Quién está en la comisaría?

—Fazio aún no ha venido, el *dottori* Augello ha *tilifoniado* que aún tenía unas cuantas décimas, pero que haría acto de presencia a lo largo de la mañana.

—¿Hay alguna novedad?

—Hay un *siñor* que quiere hablar con usía y que se llama... espere que lo leo, me lo ha escrito en un papelito. Es un nombre muy fácil, pero lo he olvidado. Espere, aquí está: se llama Giacchetta.

—¿Y te parece un nombre de esos que uno olvida?

—A mí me pasa, *dottori*.

—Bueno, yo voy a mi despacho y después lo haces pasar.

El hombre que se presentó era un cuarentón bien vestido, elegante, con el cabello impecablemente cortado, bigotito, gafas y pinta de perfecto empleado de banco.

—Siéntese, señor Giacchetta.

—Giacchetti. Me llamo Fabio Giacchetti.

Montalbano soltó un juramento para sus adentros. ¿Por qué seguía fiándose de los nombres que le decía Catarella?

—Dígame, señor Giacchetti.

El hombre se sentó, se arregló la raya de los pantalones, se alisó el bigotito, se reclinó en la silla y miró al comisario.

—¿Y bien?

—La verdad es que no sé si he hecho bien en venir aquí.

¡Oh, Virgen santa! Le había tocado el indeciso, el perplejo; la peor especie entre todos los que acudían a una comisaría.

—Mire, ésa es una cuestión que deba decidir usted. Yo no puedo darle una ayudita, tal como dicen en los concursos de la tele.

—Bueno, el caso es que anoche presencié una cosa... no sé cómo, en fin... una cosa que no sé cómo definir.

—Si usted decide contármela, quizá juntos conseguimos encontrarle una definición —propuso Montalbano, que empezaba a notar que le estaban tocando ligeramente los cojones—. Si, por el contrario, no me la cuenta, me despido de usted.

—Bueno, al principio me pareció... en un primer momento, pues, me pareció un pirata callejero, ¿sabe cómo son?

—Sí, sé distinguir un pirata callejero de un pirata de mar, ésos con el ojo tapado y la pata de palo. Mire, señor Giacchetti, no tengo mucho tiempo que perder. Empecemos por el principio, ¿le parece bien? Le haré unas cuantas preguntas, digamos, de precalentamiento.

—De acuerdo.

—¿Usted es de aquí?

—No; soy romano.

—¿Y qué hace en Vigàta?

—Desde hace tres meses dirijo la sucursal del Banco Cooperativo.

El comisario había acertado. Aquel hombre tenía que ver con los bancos. Se nota enseguida: el que maneja el dinero de los demás en esas catedrales que son los grandes bancos adquiere un aire austero, reservado, clerical, propio de quien tiene que celebrar ciertos ritos secretos, como el reciclaje de dinero sucio, la usura legal, las cuentas cifradas, la exportación clandestina de capitales. Sufren, en suma, de la misma deformación profesional que los sepultureros, quienes, a fuerza de manejar cadáveres todos los días, acaban pareciendo cadáveres ambulantes.

—¿Dónde vive?

—Por ahora, a la espera de encontrar un apartamento decente, mi mujer y yo estamos alojados en un chaletito de sus padres sito en la carretera de Montereale. Nos han cedido su casa de campo.

—Bueno, si me dice lo que ha ocurrido...

—Anoche, sobre las dos, mi mujer, Elena, empezó a sentir dolores de parto. Entonces la metí en el coche y me dirigí al hospital de Montelusa...

Finalmente se había soltado.

—Justo a la entrada de Vigàta observé, a la luz de los faros, a una mujer que caminaba delante de mi coche. En aquel instante apareció un bólido, me adelantó casi rozándome, me pareció que derrapaba y apuntó hacia la mujer. Ésta se dio cuenta del peligro, pues sin duda oyó el rugido del motor, dio un salto hacia su derecha y cayó a la cuneta. El coche se detuvo unos segundos y después se alejó derrapando.

—En resumen, ¿no la arrolló?

—No. Ella consiguió apartarse.

—¿Y usted qué hizo?

—Me detuve a pesar de que mi esposa se quejaba, porque se encontraba muy mal, y bajé. Entretanto la mujer se había levantado. Le pregunté si estaba herida y me contestó que no. Entonces le dije que subiera al coche, que la llevaría al pueblo. Aceptó. Durante el trayecto llegamos a la conclusión de que el conductor de aquel automóvil debía de haber bebido demasiado, que evidentemente había sido una broma imbécil. Después ella me indicó dónde tenía que parar y bajó. Pero antes me suplicó que no comentara con nadie lo que había visto. Me dio a entender que regresaba de un encuentro amoroso...

—¿No le dijo por qué andaba sola por ahí a esa hora?

—Insinuó... dijo que se le había parado el coche y ya no había podido volver a ponerlo en marcha; después descubrió que ya no tenía gasolina.

—¿Y cómo terminó la cosa?

Giacchetti se desconcertó.

—¿Con la señora?

—No, con su esposa.

—No... no entiendo...

—¿Ha sido usted padre o no?

Giacchetti se iluminó.

—Sí. De un varón.

—Enhorabuena. Dígame, ¿qué edad tendría la mujer?

Giacchetti sonrió.

—Unos treinta años, comisario. Era alta, morena, guapísima. Estaba alterada, claro, pero era guapísima.

—¿Dónde bajó?

—En el cruce de via Serpotta y via Guttuso.

—¿En tres meses conoce tan bien las calles de Vigàta?

Giacchetti se ruborizó.

—No... es que... cuando bajó la señora... yo miré los nombres de las calles.

—¿Por qué?

Giacchetti ardió como una llama.

—Bueno es que... instintivamente...

Pero ¡qué instintivamente ni qué niño muerto! Fabio Giacchetti había mirado el nombre de las calles porque aquella mujer le había gustado y quería volver a verla. Marido fiel, padre feliz y adúltero eventual.

—Mire, señor Giacchetti, usted me ha dicho que en un primer momento pensó que se trataba de un pirata callejero, pero que después, hablando con la mujer, convino en que había sido una broma peligrosa y estúpida. Ahora usted está aquí, delante de mí. ¿Por qué? ¿Ha vuelto a cambiar de idea?

Giacchetti vaciló.

—Es que... no es que haya... pero hay algo...

—¿Hay algo que no le cuadra?

—Verá, en el hospital, mientras esperaba a que Elena diera a luz, pensé de nuevo en lo ocurrido, simplemente para distraerme... Cuando el coche que había apuntado contra la mujer se detuvo, yo aminoré la marcha... y entonces me pareció que el conductor se asomaba a la ventanilla del copiloto y le decía algo a la mujer, que se encontraba en la cuneta... En toda lógica tendría que haberse largado... se arriesgaba, por ejemplo, a que yo viera el número de su matrícula...

—¿Lo vio?

—Sí, pero lo olvidé. Empezaba con BG. A lo mejor, si volviera a ver el coche... Y después tuve una impresión, pero no sé si...

—Dígamela.

—Tuve la impresión de que la mujer había comentado conmigo lo que acababa de ocurrir sólo porque yo había presenciado los hechos y comencé a comentarlos. No sé si me explico.

—Se explica muy bien. A la mujer no le apetecía insistir en el incidente.

—Exactamente, comisario.

—Una última pregunta. Usted tuvo la impresión de que el conductor le decía algo a la mujer. ¿Querría explicarme mejor por qué tuvo esa impresión?

—Porque vi la cabeza del hombre asomando por la ventanilla del copiloto.

—¿No podría ser que se hubiera asomado sólo para ver en qué condiciones se encontraba la mujer?

—Lo descarto. Cuanto más lo pienso, tanto más me convenzo de que le dijo algo. Mire, hizo un gesto con la mano para acompañar sus palabras.

—¿Qué gesto?

—No lo vi bien, pero vi su mano fuera de la ventanilla, eso sí.

—Sin embargo, la señora no mencionó que aquel hombre le hubiera dicho algo.

—No.

Fazio se presentó entrada la mañana, y Montalbano le contó el asunto que le había expuesto Giacchetti.

—*Dottore*, ¿y qué podemos hacer nosotros si uno, al volante y borracho como una cuba, se divierte dándole un susto a una mujer y fingiendo atropellarla?

—¿O sea, que tú opinas que se trató de una broma? Mira que ésa es la tesis con la cual la bella desconocida intentó convencer al banquero.

—¿Usía piensa otra cosa?

—Son sólo suposiciones. ¿No podría ser un intento de homicidio?

Fazio adoptó una expresión dubitativa.

—¿Ante testigos, *dottore*? Giacchetti iba detrás de ellos.

—Perdona, Fazio, pero si ese conductor hubiera matado a la mujer, ¿qué habría podido decirnos Giacchetti?

—Bueno, por ejemplo, el número de la matrícula.

—¿Y si fuera un coche robado?

Fazio no contestó.

—No —repuso Montalbano—. La cosa me huele a chamusquina.

—¿Por qué?

—Porque no la mató, Fazio. Porque sólo quiso asustarla. Y no en broma. Se detuvo, le dijo algo y se fue. Y ella hizo todo lo que pudo para quitar importancia al asunto.

—Oiga, *dottore*, si las cosas son como usía dice, ¿no podría ser que el conductor fuera, qué sé yo, un amante abandonado, un pretendiente rechazado?

—Es posible. Y eso es lo que me preocupa. Puede intentarlo por segunda vez y hasta herirla gravemente o matarla.

—¿Quiere que me encargue del asunto?

—Sí, pero sin perder en ello demasiado tiempo. Quizá todo sea una bobada.

—¿Dónde se bajó esa mujer?

—En el cruce entre via Serpotta y via Guttuso.

Fazio hizo una mueca.

—¿No te gusta Guttuso?

—No me gusta el barrio, *dottore*. Vive gente rica.

—¿No te gusta la gente rica? ¿A qué viene esta novedad? Antes me reprochabas que era un comunista radical, y ahora...

—El comunismo no tiene nada que ver, *dottore*. El caso es que la gente rica siempre causa problemas, es difícil de tratar; una palabra de más, y se cabrea.

—*Dottori*, está al *tilífono* la *siñurita* Nivia que le quiere hablar personalmente en persona.

—¿Y quién es esa Nivia?

—Pero ¿qué hace, *dottori*, habla en broma?

—No hablo en broma, Catarè, no quiero hablar con ella.

—¿Seguro, *dottori*?

—Seguro.

—¿Le digo que usía no está aquí?

—Dile lo que te parezca, coño.

Poco antes de que el comisario decidiera que había llegado la hora de ir a comer, se presentó Mimì Augello. Parecía bastante descansado. Pero estaba furioso.

—¿Cómo estás, Mimì?

—Tengo un poco de fiebre, pero me siento con ánimos para estar de pie. Quería saber tus intenciones.

—¿Sobre qué?

—Salvo, no finjas no entender. Me refiero al muerto de la bolsa. Aclaremos las cosas, así no habrá equívocos ni malentendidos. ¿Te encargas tú o me encargo yo?

—Perdona, sinceramente no lo entiendo. ¿Quién es el responsable de esta comisaría, tú o yo?

—Si te pones en ese plan, es evidente que no tenemos nada que decirnos. La investigación te corresponde a ti por derecho.

—Mimì, ¿puedo saber qué mosca te ha picado? ¿Acaso en los últimos tiempos, a menudo y de buen grado, no te he dejado actuar con toda libertad? ¿No te he dado cada vez más espacio? ¿De qué te quejas?

—Es cierto. Antes te entrometías en todo y les tocabas los cojones a todos; ahora eres menos coñazo. Con frecuencia me has dejado investigar a mí.

—¿Pues entonces?

—Sí, pero ¿investigar qué? Básicamente chorradas. Los robos en el supermercado, el atraco en la estafeta de correos...

—¿Y la muerte del *dottor* Calì?

—¿Eso? Pero ¡si a la señora Calì la sorprendimos prácticamente con el revólver humeante en la mano! ¡Imagínate qué caso! Aquí el asunto es distinto. El muerto de la bolsa es una de esas cosas que pueden devolverte las ganas de trabajar.

—¿Y bien?

—No quiero que, si me encargas la investigación, me la quites de las manos a cierta altura. Pactos claros, ¿de acuerdo?

—Mimì, no me gusta cómo me estás hablando.

—Pues adiós, Salvo —dijo Augello, dando media vuelta y abandonando el despacho.

Pero ¿qué le ocurría a Mimì? Hacía por lo menos un mes que parecía de mal humor. Nervioso, siempre a punto de saltar, aunque sólo fuera por media palabra que le hubiera parecido de más, a menudo taciturno. Se notaba que a veces no le regía la cabeza, perdido en pos de algún pensamiento. Estaba claro que algo lo roía por dentro. A lo mejor su matrimonio con Beba le hacía ese efecto. Pero ¡si al principio parecía contento y feliz por el nacimiento de su hijo! Seguro que podría obtener alguna información a través de Livia. Ella y Beba se habían hecho amigas y solían hablar por teléfono.

Salió de la comisaría y fue en coche a la *trattoria* de Enzo. Pero por el camino se dio cuenta de que la conversación con Mimì le había quitado el apetito. Habían discutido otras veces, claro, y en ocasiones se habían peleado de mala manera, pero esta vez había advertido un tono distinto en sus palabras. La verdadera finalidad de las palabras de Augello no era establecer a quién correspondía la investigación. No; la finalidad era otra: quería provocarlo, quería armar jaleo, quería pelearse. Tal como había hecho con Ajena la mañana del día anterior. Buscaba un desahogo. Buscaba un pretexto para vomitar todo lo malo que llevaba dentro.

En Marinella se sentó en la galería y se adormiló como una lagartija al sol.

Por la tarde, antes de regresar a la comisaría, llamó a Catarella.

—¿Me ha llamado por casualidad el doctor Pasquano?

—No, *siñor dottori.*

Colgó y marcó otro número.

—Soy Montalbano. ¿Está el doctor Pasquano?

—Estar sí está, señor comisario. Pero lo que no sé es si podrá ponerse al teléfono, porque está trabajando.

—Inténtelo.

Esperó repasando la tabla del siete, que para él era la más difícil.

—Pero ¡qué grandísimo tocacojones es usted, comisario! ¿Qué coño quiere? —empezó Pasquano, con aquella dulce amabilidad que le era propia.

—¿Ha hecho la autopsia?

—¿Cuál? ¿La de la chica degollada? ¿La del marroquí ahogado? ¿La del campesino muerto de un disparo? ¿La del...?

—La del hombre troceado dentro de una bolsa.

—Sí.

—¿Me podría...?

—No.

—¿Y si voy a verlo dentro de media hora?

—Pongamos una hora.

Cuando llegó y preguntó por Pasquano, un auxiliar le contestó que el doctor aún estaba trabajando y que había dado orden de que lo esperara en su despacho.

Lo primero que vio el comisario encima del escritorio de Pasquano, entre papeles y fotografías de asesinados, fue una bandeja de *cannoli* gigantes —esos dulces rellenos de ricotta— al lado de una botella de *passito* de Pantelleria —el vino de uvas pasas propio de la isla— y un vaso. Era bien sabido que Pasquano era tremendamente aficionado a los dulces. Montalbano se inclinó para aspirar el aroma de los *cannoli*: estaban recién hechos. Entonces vertió un poco de *passito* en el vaso, cogió un *cannolo* y empezó a zampárselo, contemplando el paisaje a través de la ventana abierta.

El sol encendía los colores del valle, los destacaba limpiamente del azul del mar lejano. Dios, o quien hiciera sus veces, se estaba revelando ahí decididamente como un pintor naif. En la línea del horizonte, una bandada de gaviotas se lo pasaban en grande fingiendo enfrentarse entre sí en un revoltijo de choques, virajes y cabriolas como una cuadrilla aérea acrobática. Contempló extasiado sus evoluciones.

Terminado el primero, tomó un segundo *cannolo*.

—Veo que se ha servido —dijo Pasquano, entrando; cogió uno él también.

Comieron en religioso silencio, con las comisuras de la boca llenas de ricotta. Que, conforme a las normas, se retiraba con un ligero movimiento rotatorio de la lengua.

4

—Pues entonces, ¿qué me dice, doctor? —preguntó el comisario cuando ambos ya habían bebido una buena dosis de *passito*, pasándose el uno al otro el único vaso que había.

—¿De qué? ¿De la situación internacional? ¿De mis hemorroides?

—Del muerto de la bolsa.

—Ah, ¿eso? Ha sido una cosa muy larga y pesada. Primero he tenido que completar el rompecabezas.

—¿Qué rompecabezas?

—Amigo mío, he tenido que recomponer el cuerpo. Lo habían despiezado, ¿lo sabía?

—Sí —contestó Montalbano con una sonrisita.

—¿Y eso le hace gracia?

—No; me hace gracia el verbo que ha utilizado.

—¿Despiezar? Es para mantenerme al ritmo de los tiempos. Hoy se dice así. Pero, si quiere, puedo utilizar otros verbos: descuartizar, trocear...

—Digamos hecho trozos. ¿Muchos?

—Una buena cantidad. No ahorraron nada en la carnicería. Utilizaron un hacha y un afiladísimo cuchillo de gran tamaño. Primero lo mataron y después...

—¿Cómo?

—Con un disparo en la nuca.

—¿Cuándo?

—Digamos hace dos meses como máximo. Después, tal como le estaba diciendo, le quemaron las yemas de los dedos. A continuación pusieron manos a la obra. Con mucha paciencia, le rebanaron todos los dedos de las manos y los pies, y también las orejas, le destrozaron la cara hasta dejarla irreconocible y le arrancaron los dientes, que no hemos encontrado, lo decapitaron, le cortaron las manos, las piernas a la altura de la ingle, el brazo y el antebrazo derechos, pero sólo el antebrazo izquierdo. ¿No le parece extraño?

—¿Qué, esa carnicería?

—No; el hecho de que le dejaran el brazo izquierdo. Me pregunto por qué no se lo seccionaron, ya que estaban.

—¿Ha encontrado algo que pueda servir para una identificación rápida?

—Y un cuerno.

—A propósito, doctor, ¿y el sexo?

—Todavía me las arreglo, no se preocupe.

—No, doctor; quería decir: ¿le arrancaron también el sexo?

—Si lo hubieran hecho, se lo habría dicho.

—¿Cuántos años tenía?

—Unos cuarenta.

—¿Estatura?

—No menos de uno setenta y cinco.

—¿Extracomunitario?

—Pero ¡qué dice! De aquí.

—¿Gordo? ¿Flaco?

—Delgado y en perfecta forma.

—¿No puede decirme nada más?

—Sí. Cuando lo mataron, aún no había evacuado.

—¿Tiene importancia?

—Pues sí. Porque en el estómago hemos encontrado algo que puede ser importante.

—¿O sea?

—Se había tragado un puente.

Montalbano se quedó estupefacto.

—¡¿Qué puente?!

—El puente de Broccolino.

—Pero ¿qué dice?

—Montalbano, ¿el *passito* lo atonta? Estoy hablando de los dientes. Puede que, mientras comía, al desconocido se le desprendiera un puente y se lo tragara sin darse cuenta.

El comisario lo pensó un poco.

—¿No podría ser que el puente acabara en su estómago cuando le estaban machacando la cabeza?

—No; se le habría quedado en la garganta. No habría podido tragárselo.

—¿Qué ha hecho con él?

—Lo he enviado a la Científica. Pero usted comprenderá que, si consiguen averiguar algo, tardarán meses.

—Ya —dijo el comisario, desanimado.

—Y no espere que los de la Científica estén en condiciones de decirle el nombre del dentista que atendía al muerto.

—Ya —repitió el comisario, todavía más desconsolado.

—¿Le apetece otro *cannolo*?

—No. Gracias y hasta luego.

—¡¿Hasta luego?! Espero no saber de usted durante algún tiempo —dijo el doctor, dando el primer mordisco al segundo *cannolo*.

Pero Pasquano le había dicho una cosa muy importante. Al hombre lo mataron de un tiro en la nuca. Ejecutado. Atado de pies y manos, el desventurado fue obligado a ponerse de rodillas, y el verdugo le descerrajó un solo disparo en el cogote.

Era como si la mafia le hubiese puesto la firma.

Pero las preguntas seguían ahí. ¿Quién era? ¿Por qué lo habían matado? ¿Por qué se habían tomado la molestia de dejarlo irreconocible? ¿Por qué lo habían troceado? No para facilitar el transporte del cadáver. Para eso había otros sistemas, como disolver el cuerpo en ácido. ¿Y por qué habían enterrado la bolsa en el *critaru*, bajo treinta centímetros de tierra? ¿No sabían que la primera vez que lloviera la bolsa quedaría al descubierto? Unos cincuenta metros más arriba había un pedregal, una enorme colina rocosa: bajo una montañita de piedras, jamás se habría encontrado la bolsa.

No; estaba claro que los verdugos querían que el cadáver, al cabo de algún tiempo, fuera descubierto.

—¡Ah, *dottori, dottori*! Fazio me dijo que, en cuanto usía regresara, yo le dijera a él que había regresado.

—Bueno, pues dile que venga a mi despacho.

Fazio se presentó de inmediato.

—Antes de que hables tú, hablo yo. He ido a ver a Pasquano. —Y le contó lo que le había dicho el médico.

—En resumen —dijo Fazio—, el muerto es un cuarentón de un metro setenta y cinco de estatura y de físico delgado. Nada fuera de lo común. Ahora miro en las denuncias de desaparición.

—Entretanto, dime lo que querías decirme.

—*Dottore*, la mujer sobre la cual quería noticias se llama Dolores Alfano, tiene treinta y un años, casada, sin hijos, y vive en el número doce de via Guttuso. Es forastera, quizá española. Alfano la conoció en el extranjero cuando ella tenía veinte años, perdió la cabeza por ella y se casaron. Y verdaderamente es una mujer guapísima.

—¿La has visto?

—No, señor, pero de su belleza me han dicho maravillas todos los hombres con quienes he hablado.

—¿Tiene coche?

—Sí. Un Punto.

—¿A qué se dedica?

—¿Ella? A nada. Es ama de casa.

—¿Y el marido?

—Es capitán de la marina mercante. En estos momentos está embarcado como oficial de segunda en un buque portacontenedores. Lleva varios meses fuera del pueblo. Me han dicho que como mucho viene cuatro veces al año.

—Por consiguiente, la pobrecita teóricamente se ve obligada a ayunar. ¿Has averiguado si, en ausencia del marido, ella se lo pasa en grande?

—He obtenido respuestas contradictorias. Para una o dos personas, la señora Dolores es una gran zorra, demasiado lista para permitir que la descubran como tal; para otras, es una mujer que, a pesar de su belleza, si tiene un amante, hace bien en tenerlo porque el marido está siempre fuera; mientras que para la mayoría es una mujer honrada.

—¡Me has hecho un referéndum!

—¡*Dottore*, todos los hombres hablan de buen grado de una mujer así!

—Fundamentalmente, habladurías y chismorreos, nada concreto. ¿Sabes qué te digo? Dejémoslo estar. A lo mejor el intento de atropellarla fue realmente una broma imbécil.

—Pero...

—Pero ¿qué, Fazio?

—Si me permite, quiero ver si averiguo algo más acerca de esa mujer.

—¿Por qué?

—Ahora mismo no sé explicárselo, *dottore*. Pero me han dicho algo que me ha provocado como una duda, un pensamiento, un relámpago que ha desaparecido enseguida. No sé si ha sido una palabra o una frase, o la manera en que me han dicho esa palabra, esa frase. O quizá ha sido una mirada silenciosa a la cual yo he atribuido un significado.

—¿De veras no te acuerdas de quién ha sido ese alguien?

—No consigo enfocarlo, *dottore*. He hablado en total con unas diez personas, entre hombres y mujeres. Y está claro que no puedo repetirles las mismas preguntas.

—Haz lo que quieras.

. . .

Llamar a Vanni Arquà, el jefe de la Científica, le costaba mucho. Le caía antipático, antipatía por lo demás ampliamente correspondida.

Pero no tenía más remedio, porque, si no llamaba él, Arquà jamás le daría noticias. Antes de levantar el auricular, respiró hondo como antes de practicar una inmersión, repitiéndose a sí mismo: «Calma, Montalbà, calma.» Después marcó el número.

—Arquà, soy Montalbano.

—¿Qué quieres? Mira que no tengo tiempo que perder.

Para no estallar enseguida, apretó los dientes, y le salió una manera de hablar extraña.

—He *zabido gue ezta* mañana...

—Pero ¿cómo hablas?

—Hablo normal. He sabido que esta mañana el doctor Pasquano os ha enviado un puente encontrado...

—Sí, nos lo ha enviado. ¿Y qué? Adiós.

—No, perdona... yo quisiera que... con cierta diligencia... sé que tenéis un montón de trabajo... pero tú comprenderás que para mí...

El esfuerzo de portarse bien, de no utilizar palabras inconvenientes con Arquà, no le permitía construir una frase redonda. Se enfadó consigo mismo.

—Ya no tenemos el puente.

—¿Dónde está?

—Lo hemos enviado a Palermo, al profesor Lomascolo.

Y colgó. Montalbano se secó el sudor que le perlaba la frente y volvió a marcar el número.

—¿Arquà? Montalbano otra vez. Lamento en el alma seguir molestándote.

—Habla.

—Perdona, pero había olvidado una cosa importantísima.

—¿Qué cosa?

—Enviarte a tomar por culo.

Colgó. Si no se desahogaba, igual se pasaba toda la noche nervioso. Pero, en resumidas cuentas, que el puente estuviese en las manos del profesor Lomascolo era una buena noticia. El profesor era un auténtico experto; con toda seguridad sacaría algo de aquel chisme. Además, el comisario siempre se había sentido a gusto con él. Pero a aquellas alturas era obvio que, aunque esa investigación lograra seguir adelante por un golpe de suerte, lo haría muy despacio.

En Marinella pasó una hora dando vueltas por la casa. Antes de sentarse delante del televisor, se le ocurrió llamar a Livia y pedirle perdón por la pelea de la víspera.

—¡Finalmente su excelencia Montalbano se digna concederme audiencia! —exclamó una Livia beligerante.

Principio sì giulivo ben conduce —un principio tan feliz a buen puerto lleva—, decía Matteo Maria Boiardo.

Si empezaba con ese tono, ¿cómo acabaría la conversación? ¿Con un lanzamiento recíproco de bombas atómicas? Y ahora, ¿cómo seguir? ¿Reaccionaba de mala manera? No: mejor rebajar unos grados la temperatura y descubrir por qué estaba tan enfadada.

—Amor mío, créeme, no he podido llamarte antes porque...

—Pero ¡si soy yo quien te ha llamado y tú te has negado a contestarme! ¡El ser superior que no encuentra un minuto para hablar conmigo!

Montalbano se sorprendió.

—¡¿Tú me has llamado?! ¿Cuándo?

—Esta mañana a tu despacho.

—A lo mejor no me han pasado la llamada.

—Te la han pasado, ¡vaya si te la han pasado!

—¿Estás segura?

—He hablado con Catarella y me ha dicho que estabas ocupado y no podías atenderme.

De pronto recordó que Catarella le había dicho que llamaba una tal señorita Nivia...

—¡Livia, ha sido un equívoco! Catarella no me ha dicho que eras tú; sólo que era una tal señorita Nivia, que a mí no me sonaba, y por eso he contestado que...

—Pasemos página, por favor.

—Livia, intenta comprenderlo. ¡Te digo que ha sido un equívoco! Además, tú no me llamas nunca a la comisaría. ¿Qué querías?

—Quería decirte que me telefonearas esta noche porque tenía que hablarte de algo importante.

—¿Y no es eso lo que estoy haciendo? Te he llamado por iniciativa propia. Dime ese algo tan importante.

—Esta mañana, antes de irme al despacho, me ha llamado Beba y hemos mantenido una larga conversación. Está enfadada contigo.

—¿Beba? ¿Conmigo? ¿Y por qué?

—Dice que tratas muy mal a Mimì.

—Pero ¿qué le cuenta el señor Augello a Beba?

—¿Dices que no es verdad?

—Bueno, sí, es verdad. Últimamente está muy nervioso y he tenido alguna discusión con él, pero nada serio... ¡Tratarlo mal! Es él quien se ha vuelto intratable. De hecho, pensaba llamarte para preguntarte si Beba te había comentado por casualidad el nerviosismo de Mimì.

—¿Y tú no sabes la razón de ese nerviosismo?

—Te aseguro que no.

—¿Has olvidado que en este último mes le has mandado hacer una gran cantidad de vigilancias nocturnas? ¿Y que lo sigues haciendo una noche sí y otra también?

Montalbano se quedó mudo y boquiabierto.

Pero ¿qué coño estaba diciendo Livia? ¿Estaba eligiendo palabras al azar?

En los últimos meses sólo habían hecho una vigilancia nocturna, y de ella se había encargado directamente Fazio.

—¿No dices nada, Salvo?

—Mira, es que...

—Pues entonces sigo. Anoche, por ejemplo, Mimì volvió a casa con unas décimas de fiebre; se había pasado todo el día bajo la lluvia para recuperar un cadáver metido en una bolsa... ¿Es verdad o no?

—Sí, es verdad.

—Cuando el pobre Mimì había terminado de cenar y quería irse a la cama, tú lo llamaste y lo obligaste a vestirse para pasar la noche fuera. ¿No te parece que eres un poquito sádico?

¿Qué estaba ocurriendo? ¿Por qué Mimì le contaba aquellas mentiras a Beba? Pero, en cualquier caso, en ese momento lo mejor era hacerle creer a Livia que lo que Mimì contaba era cierto.

—Bueno, sí, pero no se trata de sadismo, Livia. El caso es que tengo tan pocos hombres de los que pueda fiarme... De todos modos, tranquiliza a Beba. Dile que tenga un poco de paciencia, que en cuanto llegue el nuevo personal, ya no explotaré a Mimì.

—¿Me lo prometes?

—Pues claro.

Esa vez la conversación no terminó de mala manera. Porque, a cada cosa que dijo Livia, él contestó siempre que sí como un autómata.

Cuando colgó, no tuvo fuerzas para moverse. Permaneció de pie al lado de la mesita, con la mano sobre el auricular. Como un cadáver embalsamado, aturdido. Después, arrastrando los pies, fue a sentarse en la galería. Por desgracia, para los embustes de Mimì sólo podía haber una explicación, porque era bien sabido que Augello no jugaba a las cartas, no se emborrachaba, no frecuentaba malas compañías. Sólo tenía un vicio, si es que era un vicio. Y seguro que, después de casi dos años de matrimonio, Mimì se había hartado de acostarse todas las noches con la misma mujer y había reanudado su vida de antaño. Antes de casarse con Beba, Mimì no había hecho con las mujeres más que un constante aquí te pillo y aquí te mato, y al parecer había vuelto a las andadas. El pretexto que había encontrado para pasar las noches fuera de casa era perfecto. Sin embargo, no había calculado que Beba lo comentaría con Livia y Livia a su vez lo comentaría con Montalbano. No obstante, había un pero: ¿por qué estaba tan nervioso Mimì?, ¿por qué la tomaba con todos? Antes, después de estar con una mujer, Mimì se presentaba en la comisaría como un gato ronroneante y atiborrado de comida. En cambio, esta nueva relación debía de ser muy dura para él, no se la había tomado alegremente. Antes no tenía que dar cuentas a nadie de lo que hacía; ahora, en cambio, cuando regresaba a casa, se veía obligado a mentir a Beba, a engañarla. Debía de experimentar algo que jamás le había ocurrido: un profundo sentimiento de culpa.

La conclusión de Montalbano fue que debía intervenir, aunque no tuviera ningunas ganas de hacerlo. No había más remedio; tenía que hacerlo a la fuerza. Si no intervenía, Mimì seguiría pasando las noches fuera y diciendo que era por orden de su jefe, Beba seguiría quejándose a Livia y ésta le tocaría eternamente los cojones. Debía intervenir más por su propia tranquilidad que por la de Mimì y su familia.

Pero ¿cómo?

Ahí estaba el busilis. Había que descartar una conversación a solas con Mimì. Si Mimì tenía una amante, lo negaría. Sería capaz de asegurar que salía de noche para prestar ayuda a los sin techo. Que le había dado un arrebato de caridad. No; primero había que tener la certeza absoluta de que Mimì tenía una amante, descubrir quién era, dónde se producían los encuentros nocturnos y cuándo. Pero ¿cómo hacerlo? Necesitaba alguien que le echara una mano. ¿A quién decirlo? Por supuesto, no podía meter por medio a un hombre de la comisaría, ni siquiera a Fazio. Debía ser una cosa estrictamente privada entre Mimì, él y, como máximo, una tercera persona. Un amigo. Sí, sólo podía recurrir a un amigo. Fue entonces cuando se le ocurrió la idea adecuada. Sin embargo, durmió mal, se despertó tres o cuatro veces, y cada vez con un enredado ovillo de melancolía en el pecho.

Por la mañana llamó a Catarella para decirle que iría al despacho un poco más tarde que de costumbre. Después esperó a que fueran las diez, una hora decente para despertar a una señora, y efectuó la segunda llamada.

—¿*Dica?* ¿Quién *erres* tú?

Era una voz de bajo. Acento ruso. Probablemente un ex general de la ex armada rusa, nacido en alguna república soviética más allá de Siberia. Ingrid tenía esa especialidad, la de tener a su servicio a personas procedentes de países desconocidos que uno debía buscar en un atlas geográfico.

—¿Quién *erres* tú? —repitió el general en tono autoritario.

A Montalbano, a pesar de lo que pensaba, le entraron ganas de tomarle el pelo.

—Pues mire, mis padres me pusieron un nombre provisional, pero quién soy yo no es tan fácil de decir. ¿Me explico?

—Buena *explicassión*. ¿Tú tienes dudas *existensiales*? ¿Tú has perdido tu identidad y *ahorra* no la encuentras?

Montalbano se quedó alucinado. Pero ¿se podía permitir el lujo de hablar de filosofía con un ex general a aquella hora de la mañana?

—Mire, tendrá que perdonarme, la conversación es interesante, pero ahora dispongo de poco tiempo. ¿Está la señora Ingrid?

—Sí, *perro* tú tienes que *desirme* a mí tu nombre *provissional.*

—Montalbano, Salvo Montalbano.

Tuvo que esperar un buen rato. Esta vez, además de la tabla del siete, repasó la del ocho. Y a continuación, la del seis.

—Perdóname, Salvo, me estaba duchando. ¡Me alegro de oírte!

—¿Quién es el general?

—¿Qué general?

—El que me ha contestado.

—Pero ¡si no es un general! Se llama Igor, es un viejo profesor de filosofía.

—¿Y qué hace en tu casa?

—Se gana el pan con el sudor de su frente, Salvo. Me hace de mayordomo. Verás, cuando en Rusia había comunismo, él era un ardiente anticomunista. O sea, que primero lo apartaron de la enseñanza, después fue a parar a la cárcel y, cuando salió, tuvo que morirse de hambre.

—Pero ¡ahora en Rusia ya no existe el comunismo!

—Sí, pero verás: entretanto él se volvió comunista. Un comunista revolucionario. Y se las arreglaron para apartarlo de nuevo de la enseñanza, pobrecito. Entonces decidió emigrar. Pero háblame de ti. Hace un siglo que no nos vemos. Me apetece mucho verte, ¿sabes?

—Podemos quedar esta noche, si quieres y no tienes compromisos.

—Me libro de ellos. ¿Vamos a cenar?

—Sí. A las ocho en el bar de Marinella.

5

No había conseguido dar ni un paso cuando sonó el teléfono.

—¡Ah, *dottori*! ¡Ah, *dottori, dottori*!

¡Mala señal! Catarella estaba haciendo los lamentos habituales de jefe superior.

—¿Qué hay?

—¡Ah, *dottori, dottori*! ¡El *siñor* jefe *supirior tilifonió*! ¡Enfadado estaba como un bisonte! ¡Fuego le salía de las narices!

—Perdóname, Catarè, pero ¿a ti quién te ha dicho que a los bisontes les sale fuego de las narices cuando se enfadan?

—Todos lo dicen, *dottori*. Hasta lo he visto en un dibujo animado de la *tilivisión*.

—Bueno, bueno, ¿qué quería?

—¡Dijo que usía tiene que ir a *jifatura* a su despacho de él urgentísimamente! ¡Virgen santa, qué enfadado estaba, *dottori*!

Mientras se dirigía a Montelusa, se preguntó por qué Bonetti-Alderighi estaría tan enfadado. En los últimos tiempos había habido una serena calma integrada por algunos robos, algún atraco, algún tiroteo, algún incendio de coches o establecimientos; la única verdadera novedad había sido el descubrimiento del cadáver en la bolsa, demasiado reciente para dar un motivo de cabreo al *siñor* jefe *supirior*. Más que preocupado, el comisario estaba dominado por la curiosidad.

La primera persona que encontró en el pasillo que conducía al despacho del jefe superior fue el jefe de su gabinete, el *dottor* Lattes, a quien llamaban Latte e Miele (leche y miel) por su clerical melifluidad. En cuanto lo vio, Lattes extendió los brazos como si fuera el papa cuando saluda a la gente desde la ventana.

—¡Queridísimo amigo!

Fue al encuentro de Montalbano, le agarró la mano, se la sacudió enérgicamente y le preguntó, cambiando repentinamente de expresión, en tono conspirador:

—¿Noticias de la señora?

El *dottor* Lattes tenía la manía de pensar que él estaba casado y tenía hijos; no había manera de convencerlo de que estaba soltero. Montalbano se asustó al oír la pregunta: ¿qué chorrada le habría contado la última vez que lo vio? Después recordó que le había dicho que su mujer se había escapado con un emigrante extracomunitario. ¿Un marroquí? ¿Un tunecino? No recordaba los detalles. Puso cara de felicidad.

—¡Ah, querido, queridísimo *dottor* Lattes! ¡Tengo que darle una buena noticia! ¡Mi mujer ha regresado bajo el techo conyugal!

Lattes lo miró extasiado.

—¡Qué bonito! Pero ¡qué bonito! ¡Dando las gracias a la Virgen, su hogar doméstico ha vuelto a encenderse!

—Sí, y hace un calorcito muy agradable, ¿sabe? Ahorramos en el recibo de la luz.

Lattes lo miró perplejo. No había comprendido bien. Después dijo:

—Voy a avisar al señor jefe superior de que está usted aquí.

Desapareció y reapareció.

—El señor jefe superior lo espera.

Pero todavía estaba un poco perplejo.

Bonetti-Alderighi no levantó la cabeza de los papeles que estaba leyendo, no le dijo siquiera que se sentara. Finalmente, se apoyó contra el respaldo del sillón y miró al comisario en silencio.

—¿Me encuentra muy cambiado desde la última vez que nos vimos? —le preguntó Montalbano con expresión preocupada.

Y luego se mordió la lengua. ¿Por qué no resistía la tentación de provocar al jefe superior cada vez que lo tenía delante?

—Montalbano, ¿cuántos años tiene?

—Nací en mil novecientos cincuenta. Puede calcularlo usted mismo.

—Puedo decir, por tanto, que es un hombre maduro.

«Si yo soy maduro, tú estás hecho papilla», pensó Montalbano. Pero dijo:

—Si se empeña, dígalo tranquilamente.

—¿Me explica entonces por qué se comporta como un niño?

¿Qué significaba eso? ¿Cuándo se había comportado como un niño? Un rápido repaso mental no le permitió descubrir nada.

—No entiendo.

—Pues entonces me explicaré mejor.

Levantó un libro, debajo del cual había un minúsculo trozo de papel con los bordes desgarrados. Era el principio de una carta, una frase de una palabra y media, pero Montalbano reconoció inmediatamente la caligrafía. Era la del viejo jefe superior Burlando, que le había escrito tras jubilarse. ¿Cómo había acabado en manos de Bonetti-Alderighi un trozo de aquella vieja carta? Pero, de todas maneras, ¿qué tenía que ver esa palabra y media con la acusación de comportarse como un niño? Adoptó una posición de defensa por si acaso.

—¿Qué significa ese trozo de papel? —preguntó con rostro entre asombrado y aturdido.

—¿No reconoce la letra?

—No.

—¿Quiere leer en voz alta?

—Pues claro. «Querido Mont», y no hay nada más.

—Según usted, ¿cuál podría ser el apellido completo?

—Pues voy a probar. Querido Montale, que es el poeta, querido Montanelli, que sería el periodista, querido Montezuma, que fue un rey azteca, querido Montgomery, que fue aquel general inglés que...

—¿Y querido Montalbano no?

—También.

—Mire, Montalbano, hablemos claro. Este papelito me lo ha traído el periodista Pippo Ragonese, que lo encontró en una bolsa de basura.

Montalbano puso cara de extrema sorpresa.

—¡¿Ragonese también rebusca en las bolsas de basura?! Es una especie de vicio, ¿sabe? No se imagina la cantidad de gente que... incluso de buena posición, ¿sabe?... que de noche va casa por casa a...

—No me interesan las costumbres de cierta gente —lo cortó el jefe superior—. El caso es que Ragonese ha encontrado este fragmento de carta en una de las bolsas de basura que alguien le ha dejado en cierto lugar mediante una llamada telefónica falsa, con propósito de venganza.

Por lo visto, al recoger la basura de debajo de la galería, allí estaba también ese pedazo de papel, y él no se había dado cuenta.

—Señor jefe superior, tendrá que perdonarme, pero francamente no entiendo nada de lo que me está diciendo. ¿La venganza en qué consistía? ¿En la llamada falsa? Si pudiera aclararme...

El jefe suspiró.

—Verá, hace unas cuantas noches, el periodista, comentando en la televisión el hallazgo de aquel cuerpo en la bolsa, dijo que usted había olvidado otra bolsa que, en cambio, contenía... —Se interrumpió, pues la explicación le resultaba complicada—. ¿Usted vio el programa? —preguntó esperanzado.

—No; lo siento.

—Mire, dejemos el cómo y el porqué. Sólo le digo que Ragonese está convencido de que es usted quien lo ha ofendido.

—¿Ofenderlo? Pero ¿cómo?

—En una de las bolsas había una hoja donde ponía «cabrón».

—Pero, señor jefe superior, cabrones, perdone, ¡los hay a miles! ¿Por qué Ragonese es tan cabrón como para pensar que ese cabrón en concreto es precisamente él?

—Porque eso demostraría...

—¡¿Demostraría?! ¡¿Qué, señor jefe superior?! —Dedo trémulo apuntado hacia Bonetti-Alderighi, rostro ultrajado, voz de medio castrado: comienzo de la escena—. ¡Ah! ¡Y usted, señor jefe superior, se ha creído una acusación tan infundada! ¡Ah! ¡Me siento verdaderamente humillado y ofendido! ¡Usted me está acusando de una falta, mejor dicho, de un crimen, pues se trata de un crimen para un hombre de la ley como yo, de un crimen que merecería un severo castigo! ¡Como si yo fuera un idiota o un jugador! Pero ¿qué demonios se agitan en la mente de ese periodista?

Final de la escena. Se felicitó a sí mismo. Había conseguido forjar unas frases basándose en títulos de novelas de Dostoievski. ¿Se habría dado cuenta el jefe superior? Qué va, ése era más ignorante que una cabra.

—¡No se altere, Montalbano! Vamos, en el fondo...

—Pero ¡qué vamos y qué en el fondo! ¡He sido agraviado por ese individuo! ¿Sabe qué le digo, señor jefe superior? ¡Que exijo disculpas inmediatas, y por escrito, del periodista Ragonese! Mejor dicho: ¡tiene que pedírmelas públicamente en la televisión! De lo contrario, convoco una rueda de prensa y cuento toda esta historia, pero ¡toda!

Implícito para el señor jefe superior: por consiguiente, cuento también que tú te la has creído, cabrón.

—Cálmese, Montalbano, cálmese. Veré qué puedo hacer.

Pero el comisario ya había abierto con desdén la puerta del despacho. La cerró tras de sí y entonces se vio interceptado por Lattes.

—Perdone, comisario, no he entendido bien la relación entre el regreso a casa de su señora y el recibo de la luz.

—Se lo explico otro día, *dottore*.

En la *trattoria* de Enzo decidió celebrar el éxito del número de teatro representado delante del jefe superior. Y que tenía que seguir distrayéndose de la preocupación que le había causado la llamada de Livia.

—*Dottore*, de entremés tenemos unas albóndigas fritas de *nunnato*.

—Tráemelas.

Hizo una escabechina de *nunnati*. Es decir, de recién nacidos, de chanquetes. Exactamente igual que Herodes.

—*Dottore*, ¿de primero qué quiere? Tenemos pasta con tinta de sepia, con langostinos, con erizos, con mejillones, con...

—Con erizos.

—*Dottore*, de segundo tenemos salmonetes de roca a la sal, fritos, asados, con salsa de...

—Asados.

—¿Y nada más, *dottore*?

—No. ¿Tendrías un pulpito de arrastre?

—*Dottore*, pero ¡eso es un entremés!

—Y si yo me lo como después, ¿tú qué haces? ¿Te echas a llorar?

Salió de la *trattoria* un tanto cargado, *aggravato*, como dicen los romanos.

El habitual paseo hasta el faro reparó el daño, aunque sólo en parte.

• • •

El placer de la comida se le pasó en cuanto entró en la comisaría. Catarella lo vio, se agachó como para recoger algo que hubiera caído al suelo y lo saludó de esa manera, sin mirarlo. Una maniobra casi ridícula, infantil. ¿Por qué no quería que le viera la cara? Montalbano hizo como si nada, se dirigió a su despacho y desde allí lo llamó por teléfono.

—Catarè, ¿puedes venir un momento?

En cuanto Catarella entró en el despacho, el comisario vio que tenía los ojos llorosos y enrojecidos.

—¿Tienes fiebre?

—No, *siñor dottori*.

—¿Qué has hecho, has llorado?

—Un poquito, *dottori*.

—¿Por qué?

—Por nada, *dottori*. Me dio por ahí. —Y se ruborizó por la mentira que acababa de soltar.

—¿Está el *dottor* Augello?

—Sí, *siñor dottori*. Fazio también está.

—Envíame a Fazio.

¿Ahora Catarella también empezaba a ocultarle cosas? ¿De repente ya no era amigo de nadie? ¿Por qué desconfiaban de él? ¿O es que se había vuelto un león viejo y cansado al cual hasta un borrico puede dar coces? Esta última hipótesis, que le pareció la más probable, le provocó un hormigueo de rabia en las manos.

—Fazio, entra, cierra la puerta y siéntate.

—*Dottore*, tengo que decirle dos cosas.

—No; espera. Primero quiero saber por qué Catarella, cuando yo he llegado, acababa de llorar.

—¿Se lo ha preguntado a él?

—Sí. Y no ha querido decírmelo.

—Pues entonces, ¿por qué me lo pregunta a mí?

¿Ahora Fazio también empezaba a darle puntapiés? La repentina rabia que dominó a Montalbano fue tan grande que le pareció que la estancia se ponía a dar vueltas como un tiovivo. No gritó: mugió. Una especie de mugido bajo y profundo. Y luego, con un salto que ya ni creía estar en condiciones de dar, se encontró en un abrir y cerrar de ojos encima del escritorio, y desde allí voló como un torpedo hacia Fazio. El cual, con los ojos desorbitados a causa del miedo, intentó levantarse, se enredó con la silla y no tuvo tiempo de apartarse. Atrapado totalmente por el peso de Montalbano, se dio contra el suelo con el comisario encima. Se quedaron así, abrazados un instante. Si alguien hubiera entrado, podría haber pensado que estaban haciendo cosas indecentes. Fazio no se movió hasta que el comisario se levantó con cierto esfuerzo y, avergonzado, se acercó a la ventana para mirar fuera. Respiraba afanosamente.

Sin abrir la boca, Fazio levantó la silla y volvió a sentarse.

Poco después, Montalbano se volvió, se acercó a Fazio, le puso una mano en el hombro y dijo:

—Perdóname.

Entonces Fazio hizo una cosa que jamás se habría atrevido a hacer. Posó una mano sobre la del comisario y contestó:

—Perdóneme usted a mí, *dottore*. Soy yo quien lo ha provocado.

Montalbano volvió a sentarse detrás del escritorio. Se miraron largo rato a los ojos. Y Fazio habló.

—*Dottore*, desde hace algún tiempo aquí no hay quien viva.

—¿Augello?

—Sí, señor *dottore*. Ha cambiado por completo. Antes era un tipo alegre y despreocupado; ahora está siempre de mal humor, se irrita por cualquier cosa, regaña sin motivo, insulta. El agente Vaccarella quería recurrir al sindicato, pero yo conseguí convencerlo de que no lo hiciera. Pero esta situación no puede durar demasiado. Usted debería intervenir, averiguar qué le está pasando; quizá su matrimonio no marcha bien...

—¿Por qué no me lo has dicho antes?

—*Dottore*, aquí a nadie le gusta interpretar el papel de soplón.

—¿Y qué ha ocurrido con Catarella?

—No le ha pasado una llamada al *dottor* Augello porque pensaba que aún no había regresado a su despacho. Después ella ha vuelto a llamar y Catarella ha pasado la llamada.

—¿Por qué has dicho ella?

—Porque Catarella dice que era una voz de mujer.

—¿Nombre?

—Según Catarella, las dos veces la mujer ha dicho: «Por favor, ¿el *dottor* Augello?», y basta.

—¿Qué ha pasado después?

—Que el *dottor* Augello ha salido del despacho como si se hubiera vuelto loco, ha agarrado a Catarella por el cuello y lo ha estampado contra la pared preguntándole a gritos: «¿Por qué no me has pasado la primera llamada?» Menos mal que yo estaba presente y lo he sujetado. Y menos mal que no había nadie; de lo contrario, la cosa habría terminado de mala manera. Esta vez seguro que recurren al sindicato.

—Pero delante de mí jamás ha hecho esas cosas.

—*Dottore*, cuando usted está en el despacho, él se contiene.

O sea, que ésa era la situación. Mimì ya no confiaba en él, Catarella tampoco, Fazio le había contestado mal... Una situación desagradable que se arrastraba desde hacía algún tiempo y en la cual él no había reparado. Antes se fijaba en el más mínimo cambio de humor de sus hombres y se preocupaba, quería conocer el motivo. Ahora ya no se daba cuenta. Sí, claro, había notado el cambio de Mimì, pero era algo tan evidente que resultaba imposible no advertirlo. ¿Qué era? ¿Cansancio? ¿O quizá la vejez le había insensibilizado las antenas? Si esa hipótesis era cierta, claramente había llegado el momento de irse. Pero antes había que resolver el problema de Mimì.

—¿Qué eran las dos cosas que querías decirme?

El cambio de tema pareció aliviar a Fazio.

—Pues bien, *dottore*, desde principios de año, en Sicilia ha habido ochenta y dos denuncias de personas desaparecidas, entre las cuales hay treinta mujeres. Los varones son, por tanto, cincuenta y dos. He hecho una criba. ¿Puedo mirar un papelito?

—Si no empiezas a soltar datos del registro civil, vale.

—De estos cincuenta y dos, treinta y uno son extracomunitarios con su correspondiente permiso que de la noche a la mañana no se presentaron al trabajo y tampoco regresaron a su casa. De los restantes veintiuno, diez son niños. Quedan once. De estos once, ocho tenían entre setenta y casi noventa años. A casi ninguno le regía la cabeza. Son de esos que a lo mejor salen de casa y después no encuentran el camino de vuelta.

—¿A qué número hemos llegado?

—A tres, *dottore*. De estos tres, todos sobre los cuarenta años, uno medía un metro cincuenta y cinco; un segundo, un metro noventa y dos; y el tercero llevaba un marcapasos.

—¿Por consiguiente?

—Por consiguiente, ninguna de las desapariciones tiene que ver con nuestro muerto troceado.

—¿Y ahora qué tengo que hacerte a ti?

Fazio pareció perplejo.

—¿Por qué ha de hacerme algo, *dottore*?

—Por la enorme cantidad de palabras malgastadas. ¿No sabes que malgastar palabras es un delito contra la humanidad? Podías haber dicho simplemente: «Mire: ninguna de las personas cuya desaparición se ha denunciado corresponde al muerto de la bolsa.» Si hubieras hecho una síntesis, los dos nos habríamos ahorrado algo: tú el aliento y yo el tiempo. ¿No estás de acuerdo?

Fazio negó con la cabeza.

—Con todo el respeto, no, señor.

—¿Por qué?

—*Dottore* de mi alma, una síntesis, tal como dice usía, nunca da la idea del gran trabajo que ha sido necesario para llegar a esa síntesis.

—Muy bien, tú ganas. ¿Y la otra cosa?

—¿Recuerda que, cuando le comenté las declaraciones sobre Dolores Alfano, le dije que no recordaba una cosa que alguien me había dicho?

—Sí. ¿La has recordado?

—Entre aquellos con quienes hablé, había un viejo comerciante jubilado. Fue él quien me contó que Giovanni Alfano, el marido de Dolores, era hijo de Filippo Alfano.

—¿Y qué?

—Cuando me lo dijo, no le presté atención. Es algo que se remonta a antes de que usía viniera a esta comisaría. Este Filippo Alfano era una pieza importante de la familia Sinagra. Era también medio pariente de los Sinagra.

—¡Ay!

Los Sinagra: una de las dos familias mafiosas históricas de Vigàta. La otra era la de los Cuffaro.

—En determinado momento, este Filippo Alfano desapareció. Y reapareció en Colombia con su mujer y su hijo Giovanni, que entonces no tenía siquiera quince años. Filippo Alfano no había salido legalmente del país, no tenía pasaporte, y sobre él pesaban tres graves condenas. En el pueblo se dijo que los Sinagra lo habían enviado a cuidar de sus intereses con los de Bogotá. Después, cuando llevaba algún tiempo allí, Filippo Alfano recibió un disparo, nunca se supo de quién. Y eso es todo.

—¿Qué significa «eso es todo»?

—*Dottore*, significa que la cosa termina ahí. Giovanni Alfano, el marido de la señora Dolores, trabaja como oficial de barco, y contra él no consta nada de nada. ¿Acaso los hijos de los mafiosos tienen que ser mafiosos como sus padres?

—No. Por consiguiente, puesto que Giovanni Alfano está limpio, el intento de atropellar a su mujer no puede ser una venganza transversal, ni una advertencia. Verdaderamente habrá sido una broma propia de un borracho. ¿Estás de acuerdo?

—De acuerdo.

Estaba pensando en irse a Marinella para cambiarse de ropa y después reunirse con Ingrid cuando oyó la voz de Galluzzo, que le pedía permiso para entrar.

—Pasa, pasa.

Galluzzo entró y cerró la puerta. Llevaba un sobre en la mano.

—¿Qué hay?

—El *dottor* Augello me ha dicho que le entregue esto.

Dejó encima del escritorio el sobre, que no estaba cerrado. Rezaba, escrito con ordenador: «A la atención del comisario *dott*. Salvo Montalbano.» Y debajo: «Reservada y personal.» Arriba a la izquierda: «De parte de Domenico Augello.»

Montalbano no sacó la carta. Miró a Galluzzo y le preguntó:

—¿El *dottor* Augello está todavía en la comisaría?

—No, *dottore*; se ha ido hace cosa de media hora.

—¿Por qué has tardado media hora en traerme esta carta?

Galluzzo estaba visiblemente cohibido.

—Bueno, es que no era...

—¿Te ha dicho él que esperaras media hora para entregármela?

—No, *dottore*; es que he tardado todo ese tiempo en descifrar lo que estaba escrito en la hoja que él me ha encargado copiar y traerle a usted. Estaba llena de tachaduras, y algunas palabras no se leían bien. Al terminar, he regresado a su despacho para que la firmara, pero él ya se había ido. Entonces he pensado traérsela a usted a pesar de todo, aunque no esté firmada. —Se metió una mano en el bolsillo, sacó una hoja y la dejó al lado del sobre—. Éste es el original.

—Muy bien, puedes retirarte.

6

La carta decía:

Querido Salvo, tal como ya te he señalado de palabra, es necesario que la situación que se ha creado entre nosotros se aclare por completo, sin reticencias ni tergiversaciones. Creo que después de tantos años de trabajo en común, donde yo he desempeñado un papel valorado por ti y siempre subalterno, ha llegado el momento de tener mi espacio de autonomía propia. Estoy convencido de que la investigación sobre el hombre troceado y aún sin identificar puede ser para los dos una especie de test resolutorio. En otras palabras: *quiero que me encargues el caso y que tú te quedes completamente al margen.* Como es natural, mi obligación será mantenerte perfectamente informado de todo, pero tú no deberás intervenir de ninguna manera. También estoy dispuesto, una vez terminada la investigación, a darte públicamente todo el mérito.

No es una exigencia. Trata de comprenderme: en todo caso te pido una muestra de aprecio hacia mí. Una ayuda. Y como es natural, será una prueba, aunque difícil, de mis aptitudes.

En caso de que tú seas de otra opinión, no me quedará otro camino que rogarle al jefe superior que tenga a bien interesarse por mi traslado a otro lugar.

Cualquier cosa que decidas, mi afecto y estima hacia ti seguirán siendo siempre muy grandes. Un abrazo.

No había firma, tal como había dicho Galluzzo. Pero ya era demasiado tarde para reflexionar al respecto.

Se guardó la carta en el bolsillo, se secó los ojos (¡ah, la vejez, con qué facilidad nos conmovemos!), se levantó y salió.

En el bar de Marinella encontró sentada a una mesita a Ingrid, que ya se había bebido su primer whisky. Los cinco o seis clientes varones no le quitaban los ojos de encima. Pero ¿cómo era posible que aquella mujer se volviera más guapa cuantos más años pasaban? Guapa, elegante, inteligente, discreta. Verdadera amiga: todas las veces que él le había pedido que lo ayudara en una investigación, ella jamás le había hecho una pregunta, un cómo o un porqué. Hacía lo que le pedía y basta.

Se abrazaron, realmente encantados de verse.

—¿Nos vamos enseguida o pedimos otro whisky? —preguntó Ingrid.

—No hay prisa —contestó Montalbano sentándose.

Ingrid le cogió una mano y la estrechó entre las suyas. También tenía eso de bueno: manifestaba sus sentimientos abiertamente, sin preocuparse por lo que pudieran pensar los demás.

—¿Cómo has venido? —preguntó Montalbano—. No he visto tu coche en el aparcamiento.

—¿El rojo, dices? Ya no lo tengo. Tengo un normalísimo Micra verde. ¿Cómo está Livia?

—Ayer hablé con ella. Estaba bien. ¿Y tu marido?

—Creo que también está bien, pero hace una semana que no lo veo. En casa vivimos separados, aunque oficialmente no lo estemos, y por suerte la casa es muy grande. Además, desde que es diputado vive más en Roma que aquí.

Era bien sabido que el marido de Ingrid no daba golpe, y por eso era lógico que se hubiese dedicado a la política. Montalbano recordó una frase que decía su tío cuando él era pequeño: «Si no tienes ni arte ni parte, juégate las cartas en política.»

—¿Hablamos de eso ahora o después de comer? —preguntó Ingrid.

—¿De qué?

—Salvo, no finjas conmigo. Tú sólo me llamas cuando necesitas que haga algo por ti. ¿No es verdad?

—Es verdad. Y te pido perdón.

—No pidas perdón. Estás hecho así. Y entre otras cosas me gustas también por eso. Bueno, ¿quieres hablar de eso enseguida o no?

—¿Tú sabes que Mimì se ha casado?

Ingrid se echó a reír.

—Claro. Con Beba. Y sé también que han tenido un hijo que se llama Salvo, como tú.

—¿Quién te ha facilitado la información?

—Mimì. De vez en cuando me telefoneaba. Y también nos hemos visto algunas veces. Pero desde hace dos meses ya no da señales de vida. ¿Entonces?

—Tengo motivos para creer que Mimì tiene una amante.

Ingrid no dijo ni pío. Montalbano se sorprendió.

—¿Cómo? ¿No dices nada? —Después se le ocurrió la respuesta a su propia pregunta—. ¿Lo sabías?

—Sí.

—¿Te lo ha dicho él?

—No, no me lo había dicho nadie antes que tú. Pero mira, Salvo, ¿no era de suponer, sabiendo cómo es Mimì? ¿Qué pasa, Salvo? ¿Esta historia te escandaliza?

Y se echó a reír más fuerte que antes. A lo mejor los dos whiskys solos le estaban empezando a hacer efecto. Pero Ingrid le leyó el pensamiento.

—No estoy achispada, Salvo. Pones una cara tan seria que me entran ganas de reír. ¿Por qué te lo tomas tan a pecho? Es algo de lo más normal, ¿sabes? ¿Tengo que decírtelo yo? Déjalo en paz y ya verás como todo se arregla por sí solo.

—No puedo.

Y le habló de la llamada de Livia y de la excusa de Mimì para pasar algunas noches fuera de casa.

—¿Comprendes? Si no intervengo, Beba acabará por recurrir directamente a mí. Y entonces no podré cubrirlo. Además, hay una cosa de Mimì que me preocupa mucho.

—Antes de contármela, vamos a tomarnos otro whisky.

—Tómalo tú.

Le comentó el cambio de Mimì, sus enfados sin motivo, sus ganas de armar jaleo para desahogarse.

—Las posibilidades son dos —dijo Ingrid—. O bien esta relación lo trastorna porque ama a Beba y se siente culpable, o bien se está enamorando en serio de la otra mujer. Todo ello partiendo de la premisa de que Mimì tenga una amante, tal como crees tú. Pero ¿no podría ser que saliera de noche por algún otro motivo?

—No lo creo.

—¿Qué quieres de mí?

—Querría que descubrieras si es verdad que Mimì tiene una amante. Y a ser posible, que averigües quién es. Te digo cuál es su coche y tú lo sigues.

—Pero no puedo pasarme todas las noches delante de su casa...

—No será necesario. Después de todo lo que me dijo Livia, he hecho unos cuantos cálculos. Seguramente Mimì saldrá mañana por la noche. ¿Sabes dónde vive?

—Sí. Mañana por la noche no tengo ningún compromiso. Y después, ¿qué hago?

—Me llamas a casa. A la hora que sea.

Esperó a que Ingrid se terminara el whisky y después salieron del bar.

—¿Vamos en tu coche o en el mío? —preguntó Ingrid.

—En el mío. Tú has bebido.

—Pero ¡lo aguanto muy bien!

—Sí, pero si nos paran será difícil explicarlo y convencerlos. Después volveremos a recoger tu coche.

Ingrid lo miró con una sonrisita y subió al automóvil del comisario.

Llegaron al restaurante Peppucciu 'u Piscaturi, en la carretera de Fiacca, cuando ya eran casi las diez. El comisario había reservado una mesa porque aquel local estaba siempre lleno. Además, conociendo los gustos de Ingrid, que tenía buen saque, había pedido también la cena en la certeza de que contaría con su aprobación. Y contó con ella, en efecto.

Menú: entremeses marineros (anchoas cocinadas en zumo de limón y aliñadas con aceite, sal, pimienta y perejil; anchoas *sciavurusi*, aromáticas, con semillas de hinojo; ensalada de pulpo; pescadito frito); primer plato: espaguetis con salsa coralina; segundo plato: langosta a la marinera (a la brasa, aliñada con aceite, sal y una pizca de perejil).

Bebieron tres botellas de un vino blanco traicionero: parecía bajar como agua fresca, pero después, cuando ya estaba dentro, salía disparado y encendía el fuego. Al final tomaron un whisky para ayudar a la digestión. Cuando salieron del restaurante, Ingrid preguntó:

—Y ahora, si te paran, ¿cómo te las arreglarás para explicar que aguantas bien el vino? —Y se echó a reír.

Montalbano condujo todo el rato con los ojos abiertos de par en par y los nervios a flor de piel. Temiendo un desafortunado encuentro con alguna patrulla, no superó en ningún momento los cincuenta kilómetros por hora. Ni siquiera abrió la boca para no distraerse.

Al llegar al aparcamiento del bar de Marinella, advirtió que Ingrid se había dormido. La sacudió con delicadeza.

—¿Hum? —respondió ella sin abrir los ojos.

—Hemos llegado. ¿Estás en condiciones de conducir?

Ingrid abrió un ojo y miró alrededor, aturdida.

—¿Qué has dicho?

—Te he preguntado si estás en condiciones de conducir.

—No.

—Pues entonces te llevo a Montelusa.

—No. Voy a tu casa, me ducho y después vuelves a traerme aquí para coger el coche.

Mientras Montalbano abría la puerta de su casa, Ingrid se tambaleaba tanto que tuvo que apoyarse en la pared.

—Voy a tumbarme cinco minutos —dijo, dirigiéndose al dormitorio.

El comisario no la siguió. Abrió la cristalera y se sentó en la banqueta de la galería.

No soplaba ni una pizca de viento, y la resaca del mar era muy lenta; casi no conseguía moverse. En aquel momento sonó el teléfono. Montalbano corrió a cerrar la puerta del dormitorio y levantó el auricular. Era Livia.

—A ver si me dices qué estabas haciendo.

Hablaba en plan Torquemada. ¡Las mujeres! Livia jamás había iniciado una llamada con semejante pregunta. Pero esa noche, en cambio, cuando en la cama de su hombre estaba durmiendo otra mujer, le daba por el tono inquisitorial. ¿Qué era eso? ¿Sexto sentido animal? ¿O acaso tenía ojos de rayos X y veía desde lejos? Montalbano se quedó impresionado, se hizo un lío mental y, en lugar de decirle la verdad, o sea, que estaba contemplando el mar, le contestó, a saber por qué, con una inútil y estúpida mentira.

—Estaba viendo una película en la televisión.

—¿En qué canal?

Llevaban años juntos, y a aquellas alturas ella, a la mínima inflexión de voz, comprendía si lo que él le estaba diciendo era verdadero o falso. ¿Y ahora cómo salía de ese atolladero? Lo único que podía hacer era seguir adelante por aquel camino.

—En la tres. Pero ¿qué...?

—Yo también la estoy mirando. ¿Y cómo se llama la película?

—No lo sé; cuando he encendido la tele, acababa de empezar. Pero ¿qué son todas estas preguntas? ¿Qué mosca te ha picado?

—¿Por qué hablas en voz baja?

Era verdad, ¡maldita sea! Lo estaba haciendo instintivamente para no despertar a Ingrid. Carraspeó.

—Ah, ¿sí? No me había dado cuenta.

—¿Quién está contigo?

—¡Pues nadie! ¿Quién quieres que esté?

—Ya. Me ha llamado Beba. Mimì le ha dicho que mañana por la noche también tendrá que hacer una vigilancia.

Muy bien, eso significaba que sus cálculos eran correctos.

—¿Le has dicho a Beba que tenga un poco de paciencia?

—Sí. Pero tú no me dices la verdad.

—¿Qué es lo que yo no...?

—Tú no estás solo...

Mierda, ¡qué olfato el suyo! Pero ¿acaso tenía antenas? ¿Hablaba con las urracas?

—¡Ya está bien!

—¡Júramelo!

—Si tanto te empeñas, te lo juro.

—Bah. Buenas noches.

Ya estaba. Livia había quedado servida. Tanto había hecho y tanto había dicho que él, inocente, había tenido que decir una mentira y jurar que era cierta. Una mentira pese a ser inocente. ¿Inocente? ¡Pues no! Tan inocente no era. Livia había acertado de lleno. Era verdad que con él había otra persona, una mujer, pero ¿cómo explicarle que esa mujer no era...? Se imaginó el final del diálogo:

—Pero ¡si está durmiendo en NUESTRA cama!

¡Maldita sea una y mil veces! Tenía razón; aquella cama no era sólo de él, sino de los dos.

—Sí, pero mira, después se irá...

—¿Después de qué? ¿Eh?

Mejor pasar página.

Volvió a la galería. Sacó del bolsillo la carta de Mimì; la había cogido para enseñársela a Ingrid, pero después había cambiado de idea. No la leyó, sino que se quedó contemplando el sobre y reflexionando.

¿Por qué Mimì había ordenado a Galluzzo que copiara una carta tan personal y reservada? Ésa era una de las primeras preguntas que se había hecho cuando Galluzzo se la entregó. Mimì podía haber vuelto a copiarla él mismo, meterla en el sobre y mandársela, si verdaderamente no quería verlo.

¿No se daba cuenta de que, actuando de esa manera, revelaba a un extraño la delicada situación que había entre ellos dos? Y después: ¡anda que elegir precisamente a Galluzzo, que era de lengua suelta y tenía un cuñado periodista!

Un momento. Quizá hubiera una explicación. ¿Y si Mimì, pongamos por caso, lo hubiese hecho a propósito? Calma, Montalbà, tal vez hayas acertado.

Mimì ha actuado así porque quiere que el asunto lo conozcan otras personas, porque quiere darle cierta publicidad.

¿Y por qué? Muy fácil: porque quería ponerlo a él, Montalbano, contra la pared. De esta manera, la cuestión ya no podía resolverse a escondidas, en silencio, lejos de oídos extraños. No; así Mimì lo obligaba a darle una respuesta oficial, la que fuera. Buena jugada, no cabía duda.

Cogió el sobre, sacó la carta y la releyó. Por lo menos dos cosas le llamaban la atención.

La primera era el tono.

Cuando Mimì le preguntó personalmente quién pensaba que debería llevar a cabo la investigación, excluyendo, sin embargo, cualquier posibilidad de colaboración, se había mostrado agresivo, duro, antipático y desdeñoso.

En la carta, sin embargo, el tono había cambiado. Aquí, en efecto, exponía las razones de su petición, las explicaba, decía que necesitaba un espacio de absoluta autonomía. Insinuaba que en la comisaría estaba empezando a faltarle el aire. Y eso era comprensible. Mimì había trabajado muchos años a sus órdenes, y él muy raramente le había soltado las riendas, debía reconocerlo. En la carta decía también que si él, Montalbano, le confiaba el caso, por fin podría poner a prueba todas sus aptitudes.

En resumen, pedía ayuda.

Exactamente así, había utilizado esa palabra. Ayuda. Mimì no era un hombre que utilizara esa palabra a la ligera.

Sigue reflexionando, Montalbà, haz un esfuerzo por razonar con la mente libre, sin rabia, sin dejarte dominar por el resentimiento.

¿No podría ser que la actitud agresiva y peleona de Mimì fuera una forma muy especial de llamar la atención de los demás sobre una situación de la que era incapaz de salir por sí mismo?

De acuerdo, admitámoslo. Pero, en todo caso, ¿la investigación qué tenía que ver? ¿Por qué estaba tan emperrado en ella? ¿Por qué, de la noche a la mañana, había adquirido tanta importancia para su existencia? Una respuesta posible podía ser que, una vez entregado a una investigación difícil y complicada, Mimì se encontraría inevitablemente con menos tiempo que dedicar a su amante. Así podría reducir los intercambios con aquella mujer, dar los primeros pasos hacia la ruptura definitiva.

Probablemente Ingrid había acertado al decir que a lo mejor Mimì se estaba enamorando seriamente, y quería evitarlo por Beba y el pequeño.

Releyó la carta muy despacio por tercera vez.

Cuando llegó a la última frase, «cualquier cosa que decidas, mi afecto y estima hacia ti seguirán siendo siempre muy grandes», se notó repentinamente los ojos húmedos y el pecho acongojado. Afecto era la primera palabra que había escrito Mimì, la estima venía después. Se cogió la cabeza entre las manos, dando finalmente rienda suelta a la melancolía, el cansancio y también la rabia por no haber comprendido enseguida, tal como habría hecho unos años atrás, la gravedad de la situación de Mimì, del amigo tan amigo que había querido que su primer hijo llevara su nombre.

Fue entonces cuando advirtió la presencia de Ingrid en la galería.

No la había oído acercarse; estaba convencido de que seguía durmiendo. No la miró, pues se avergonzaba de haber sido sorprendido en aquel momento de debilidad que no conseguía controlar.

Entonces ella apagó la luz.

Y fue como si simultáneamente hubiera apagado el mar, que ahora enviaba un reflejo amortiguado, casi fosforescente, y el resplandor lejano y disperso de las estrellas.

Desde una barca invisible, un hombre gritó:

—*Giuvà! Giuvà!*

Pero nadie le contestó.

Absurdamente, la respuesta que no llegó fue el último desgarro lacerante en el pecho de Montalbano. Se echó a llorar sin poder contenerse.

Ingrid se sentó a su lado en la banqueta, lo abrazó con fuerza y le recostó la cabeza en su hombro.

Después le levantó la barbilla con la mano izquierda y lo besó largo rato en la boca.

Eran las seis de la mañana cuando acompañó a Ingrid a recoger el coche al bar de Marinella.

No le apetecía dormir. Experimentaba una gran necesidad de lavarse, de tomar una ducha tan larga que vaciara toda el agua del depósito. Entonces entró en casa, se desnudó, se puso el bañador y bajó a la playa.

Hacía frío, faltaba mucho rato para que saliera el sol y soplaba un viento hecho de miles de agujas de acero.

Cosimo Lauricella, como casi todas las mañanas, estaba empujando al agua su barca de remos, que la víspera había acercado a la orilla. Era un viejo pescador que de vez en cuando le llevaba pescado recién capturado y jamás aceptaba que le pagara.

—*Dutturi*, esta mañana no está el horno para bollos.

—Sólo me mojo un poquito, Cosimo.

Entró en el agua, resistió el ataque de repentina parálisis, se dio un chapuzón, empezó a dar brazadas, y de repente regresó la oscuridad absoluta de la noche.

«¿Cómo es posible?», tuvo apenas tiempo de pensar.

Y sintió que el agua del mar le entraba en la boca.

Despertó en la barca de Cosimo, donde el pescador le estaba dando cachetes.

—¡Coño, *dutturi*, el susto que me ha dado! ¡Ya le había dicho yo que esta mañana no está el horno para bollos! ¡Menos mal que estaba yo, que si no, se ahoga!

Una vez en la orilla, no hubo manera: Cosimo quiso acompañarlo hasta el interior de la casa.

—*Dutturi*, se lo ruego, no vuelva a hacer estas bromas. Cuando uno es pequeño es una cosa, pero después las cosas cambian.

«Gracias, Cosimo —pensó Montalbano—, gracias no tanto por haberme salvado la vida como por no haberme llamado viejo.»

Pero lo llames como lo llames, sigue siendo lo mismo, tal como dice el proverbio.

Maduro, viejo, de cierta edad, no tan joven, entrado en años: todo, maneras para suavizar pero no para modificar la esencia del hecho, es decir, que él se estaba haciendo irremediablemente mayor.

Se dirigió a la cocina, puso al fuego la cafetera de seis tazas y se bebió el café hirviendo tras verterlo en un tazón.

Después fue a ducharse y malgastó el agua, imaginándose las palabrotas de Adelina, que no podría limpiar la casa, fregar el suelo y quizá ni siquiera cocinar.

Al final se sintió un poco más limpio.

· · ·

—¡Ah, *dottori*, *dottori*! Acaba de llamarlo ahora mismo el *dottori* Arcà, que dice que si usía lo llama a la Científica.

—Muy bien, después te digo yo que me lo llames.

Antes tenía que hacer una cosa más urgente.

Entró en su despacho, cerró la puerta con llave, se sentó detrás del escritorio, sacó del bolsillo la carta de Mimì y volvió a leerla una vez más.

La víspera, cuando, sentado en la galería, se había puesto a reflexionar sobre las palabras de Mimì, le habían llamado la atención dos cosas. Una era el tono, la segunda...

La segunda se le había ido de la cabeza porque Ingrid se había despertado. Y ni siquiera ahora, por mucho que se esforzara, pudo recuperarla.

Entonces cogió un bolígrafo y una hoja en blanco sin membrete, lo pensó un poco y se puso a escribir.

7

Querido Mimì:

He leído tu carta con mucha atención.

No me ha sorprendido dada tu actitud de estas últimas semanas.

También comprendo en parte los motivos que te han inducido a escribirla.

Y por eso (casi) he estado a punto de ir a verte.

Pero ¿no crees que pedirme libertad y autonomía para investigar el caso del *critaru*, justamente, es un error por tu parte?

Sabes bien lo que pienso de ti: eres un investigador hábil e inteligente, pero éste me parece un caso en el que un policía el doble de experto que nosotros puede partirse los cuernos.

Si dudo en encomendártelo es precisamente porque soy tu amigo.

Un posible fracaso tuyo provocaría infinidad de complicaciones, y no sólo en nuestras relaciones personales.

Reflexiona.

De todas maneras, si insistes, déjame unos días para decidir.

Te abrazo con inalterado afecto.

Salvo

Leyó la carta. Le pareció perfecta.

Convenía apaciguar a Mimì, a la espera del resultado de la vigilancia de Ingrid. Entretanto, no le daba ningún motivo para enfadarse y cometer otros despropósitos.

Se levantó, abrió la puerta y llamó a Galluzzo.

—Oye, hazme un favor. Copia esta carta. Después la metes en un sobre, escribes: «Att. *dott.* Domenico Augello. Personal e intransferible», y se la llevas a Mimì. ¿Está en su despacho?

Galluzzo lo miró extrañado; evidentemente se estaba preguntando por qué a Montalbano y Augello les había dado por utilizarlo como mecanógrafo.

—Todavía no ha llegado.

—Se la entregas en cuanto llegue.

Pero Galluzzo no hizo ademán de irse. Estaba claro que tenía un corazón de asno y uno de león.

—¿Pasa algo?

—Sí, señor. ¿Me explica por qué usted también me da una carta para copiar?

—Para que conozcas la situación exacta. Leíste lo que escribió Mimì y ahora puedes leer mi respuesta —dijo Montalbano amargamente, tan amargamente que Galluzzo reaccionó.

—*Dottore*, perdóneme, pero no lo entiendo. En primer lugar, no se puede copiar una carta sin leerla. Y en segundo, saber cómo van las cosas entre ustedes dos, ¿a mí qué más me da?

—No lo sé, decide tú.

—*Dottore*, usía piensa mal de mí. Y se equivoca —repuso Galluzzo, ofendido—. Yo no voy por ahí contando a diestro y siniestro lo que ocurre aquí dentro.

A Montalbano le pareció sincero, y se arrepintió de lo que le había dicho.

Sin embargo, ya era demasiado tarde para remediarlo. Mimì Augello, directa o indirectamente, estaba haciendo demasiado daño, sembrando cizaña y nerviosismo en la comisaría.

La cuestión debía resolverse lo antes posible. Entretanto, cabía esperar que Ingrid consiguiera descubrir algo.

—¡Catarella! Llámame a la Científica y que te pasen al *dottor* Arquà.

—¿Sí? —dijo Arquà poco después.

—Soy Montalbano. ¿Me has llamado?

—Sí.

—¿Qué quieres?

—Demostrarte que yo soy un señor y tú un palurdo.

—Tarea imposible.

—Me ha llamado el profesor Lomascolo desde Palermo para adelantarme el resultado de su examen del puente. ¿Quieres saberlo?

—Sí.

—Le ha bastado una hora, según me ha dicho, para tener la absoluta certeza de que ese tipo de puente se utilizaba hasta hace unos años en Sudamérica. ¿Contento?

El comisario no respondió. ¿Adonde quería ir a parar aquel grandísimo cabrón?

—Me he apresurado a comunicártelo —añadió Arquà, escupiendo el veneno por la cola—. Espero que, entre el más de millón de dentistas que hay por allí, puedas acertar a la primera con tu consabida perspicacia. Adiós.

Cabrón. Mejor dicho: cabrón e hijo de puta. Mejor dicho: cabrón y asqueroso hijo de puta.

Si aquel maldito puente hubiera podido serle de alguna utilidad para la investigación, y un cuerno que habría llamado Arquà. En cambio, había querido tener la satisfacción de comunicarle que no le serviría para superar el gran mar de mierda de aquella investigación.

A lo mejor, verdaderamente no era cuestión de confiársela a Mimì.

Ya era la hora de ir a comer, pero no tenía ni pizca de apetito.

Se sentía la cabeza un tanto aturdida, como si en el interior del cerebro le hubieran caído unas gotas de pegamento.

Se tocó la frente: caliente. Efecto obvio de sus proezas de la mañana.

Así que decidió irse directamente a Marinella, y advirtió a Catarella que por la tarde no regresaría a la comisaría.

Al llegar a casa, empezó a buscar el termómetro. No estaba en el armarito del cuarto de baño donde generalmente lo guardaba. Tampoco en el cajón de la mesita de noche. Lo encontró al cabo de quince minutos entre las páginas de un libro. Treinta y siete y medio. Cogió una aspirina del armarito, fue a la cocina, abrió el grifo y apenas salió una gota. Soltó una palabrota. Pero ¿de qué le servía maldecir si la culpa era suya? En el frigorífico había una botella de agua mineral, y se llenó un vaso. Pero recordó que la aspirina no se puede tomar con el estómago vacío. Había que comer algo. Abrió nuevamente el frigorífico. Como no había agua, Adelina se las había arreglado de otra manera. *Caponatina*, queso de Ragusa, sardinas encebolladas.

Sin saber ni cómo ni por qué, recuperó de golpe el apetito. Se lo llevó todo a la galería, junto con una botella de vino blanco frío. Tardó una hora en disfrutar de todo. Y así, después pudo tomarse la aspirina sin temor a sufrir ningún daño.

Se despertó cuando ya eran casi las cinco de la tarde. Se tomó la temperatura. Treinta y seis con ocho; la aspirina se la había bajado. Pero quizá era mejor quedarse en la cama. Tal vez leyendo algún libro.

Se levantó, se plantó ante la librería de la otra habitación y empezó a mirar los títulos. Había un libro de Andrea Camilleri de unos años atrás que aún no había leído. Se lo llevó a la cama y lo empezó.

El libro, que recreaba un fragmento de una novela de Sciascia, hablaba de un tal Patò, serio e íntegro director de banco que se deleitaba interpretando el papel de Judas el traidor en la función anual del *Mortorio*, una sagrada representación popular de la Pasión de Jesús.

Como es sabido, Judas, arrepentido de haber traicionado a Jesús, tras arrojar los treinta denarios en el templo, corre a ahorcarse. Y el *Mortorio* seguía paso a paso el Evangelio. Pero había una variante en la representación escénica; en efecto, mientras Patò-Judas se apretaba el nudo alrededor del cuello, a sus pies se abría una trampilla, que significaba la boca del infierno, en la cual se hundía el traidor, yendo a parar bajo el escenario.

En la novela, Camilleri contaba que esa vez todo se había desarrollado también como en un guión, sólo que, al término del espectáculo, Patò ya no volvía a aparecer. Todos se pusieron a buscarlo, pero no hubo manera. Desaparecido para siempre tras haber sido tragado por la trampilla.

El libro seguía con las suposiciones, hasta las más descabelladas, de personas corrientes y científicos, y con las difíciles investigaciones desarrolladas por un delegado de seguridad pública y un comandante de los carabineros para resolver la desaparición.

Después de tres horas de lectura, los ojos se le empezaron a nublar.

¿No convendría que lo viera un oculista? No, se contestó, no es el caso. Sabía muy bien que ya no tenía la vista de antes, pero ni ciego se rendiría a un par de gafas.

Dejó el libro en la mesita de noche y se levantó para ir a sentarse en la butaca delante del televisor. Lo encendió y se encontró en primer plano la cara de culo de gallina de Pippo Ragonese.

«... el reconocimiento de nuestros errores, las raras veces en que ocurre que los cometemos, es la señal indiscutible de nuestra corrección y nuestra buena fe. Corrección y buena fe son los faros resplandecientes que siempre han iluminado el camino de nuestros treinta años de actividad periodística. Recientemente hemos cometido uno de esos errores. Hemos acusado al comisario Salvo Montalbano de no querer tomar en consideración cierta pista en el caso del desconocido asesinado y desmembrado, encontrado en una árida zona llamada *'u critaru*. Esa pista ha resultado no tener nada que ver con el horrendo crimen. Pedimos por tanto públicamente perdón al comisario Montalbano. Pero eso no significa que nuestras reservas acerca de él y los sistemas que a menudo emplea hayan quedado anuladas. Ahora quiero hablarles del consejo municipal de Montereale, que...»

Apagó el televisor. El jefe superior de policía había cumplido su palabra.

Se levantó presa de la inquietud y se puso a pasear.

Había algo en la novela de Camilleri que le daba vueltas en la cabeza.

¿Qué era? ¿Sería posible que la memoria empezara a fallarle? ¿Ya comenzaba con la arteriosclerosis?

Hizo un esfuerzo por recordar.

Eso era: una cosa que con toda certeza se refería a la muerte de Judas, pero que no estaba escrita en el libro.

Era una especie de pensamiento paralelo, que había aparecido y desaparecido como un *flash*. Pero, si se trataba de un pensamiento paralelo, era inútil releer la novela, y difícil que el *flash* se repitiera.

Quizá había un camino.

En algún lugar de la estantería tenían que estar los cuatro Evangelios en un solo volumen. Pero ¿dónde se habían escondido? ¿Sería posible que en aquella casa desapareciera todo? Primero el termómetro, ahora los Evangelios... Los encontró después de media hora de búsqueda, entre maldiciones nada apropiadas para el libro que estaba deseando leer.

Volvió a sentarse en la butaca y buscó en el primer Evangelio, el de Mateo, el pasaje que narraba el suicidio de Judas.

Viendo entonces Judas, el que lo había entregado, cómo Jesús era condenado, se arrepintió y devolvió las treinta monedas de plata a los sumos sacerdotes y los ancianos, diciendo: «He pecado entregando sangre inocente.» Ellos replicaron: «¿A nosotros qué? Tú verás.» Él arrojó las monedas de plata en el templo; después se retiró y fue y se ahorcó. Los sumos sacerdotes recogieron las monedas de plata y dijeron: «No es lícito echarlas en el tesoro de las ofrendas, pues son precio de sangre.» Y después de deliberar en consejo, compraron con ellas el Campo del Alfarero como lugar de sepultura para los forasteros...

En los demás Evangelios no se hablaba de la muerte de Judas.

No conseguía comprender por qué, pero estaba nervioso, con una especie de temblor por todo el cuerpo. Se sentía como un perro rastreador; le parecía que en el texto de Mateo había algo muy importante.

Se puso a leer nuevamente con toda la paciencia del mundo, casi silabeando.

Y fue al llegar a las palabras «el Campo del Alfarero» cuando experimentó una auténtica sacudida.

El campo del alfarero.

De repente se encontró por encima de un sendero, con la ropa mojada de lluvia, contemplando un despeñadero hecho de losas de arcilla. Y volvió a oír las palabras de Ajena: «...este lugar se llama desde siempre *'u critaru*, el arcillar... Vendo la arcilla a los que hacen vasijas, tinajas, ánforas...».

El campo del alfarero. Traducción: *'u critaru.*

Ése había sido el pensamiento paralelo.

Pero ¿tenía algún sentido? ¿No podía tratarse de una coincidencia? ¿No se estaba dejando arrastrar demasiado por la fantasía? Vale, pero ¿qué había de malo en permitirse alguna fantasía? ¿Y cuántas veces lo que había creído fantasías había resultado real?

Supongamos por tanto que esta fantasía tiene un sentido. ¿Qué significa dejar que se halle un cadáver en el campo del alfarero? El Evangelio decía que los sacerdotes habían comprado aquel lugar para enterrar a los forasteros...

Un momento, Montalbà.

¿No podía ser que el muerto fuese forastero? Pasquano le había encontrado en la tripa un puente, y ese puente, según el profesor Lomascolo, era de un tipo que utilizaban los dentistas de Sudamérica. Por consiguiente, el desconocido era probablemente de por allí, pongamos venezolano, argentino... O bien colombiano. Un colombiano que, a lo mejor, tenía algo que ver con la mafia...

¿No será que estás navegando demasiado en alta mar, Montalbà?

Mientras se hacía la pregunta, lo asaltaron de repente unos estremecimientos de frío y a continuación experimentó un acceso de calor. Se tocó la frente; la fiebre le estaba subiendo. No se preocupó, porque estaba seguro de que esa alteración no la causaba una gripe, sino los pensamientos que le rondaban por la cabeza.

Pero mejor no insistir, mejor detenerse un poco, calmarse; tenía el cerebro recalentado, a punto de fundirse. Necesitaba distraerse. Pero ¿cómo? Lo único que podía hacer era ver la televisión. Volvió a encenderla, pero eligió el canal de Retelibera.

Estaban emitiendo una película porno *soft*, ésa era la denominación, es decir, de esas en que los actores y las actrices fingen follar en lugares un tanto incómodos, como por ejemplo dentro de una carretilla o agarrados a un tubo del alero de un edificio, y son peores que las películas *hard*, ésa era la denominación, porque ahí se folla de verdad. Se pasó unos diez minutos mirándola y, tal como siempre le ocurría tanto con el *soft* como con el *hard*, le entró sueño inmediatamente. Se durmió así, con la cabeza hacia atrás y la boca abierta.

· · ·

No supo cuánto rato había dormido, pero, cuando despertó, en lugar de la película había cuatro personas alrededor de una mesa, hablando de crímenes sin resolver. «No obstante, incluso a pesar de los casos que aparentemente se resuelven —dijo uno con bigote y perilla a lo D'Artagnan—, en realidad quedan todos sin solución.» Esbozó una taimada sonrisita y no dijo nada más. Puesto que ninguno de los participantes comprendió un pimiento de lo que había oído, otro con cara de criminólogo (¿por qué los criminólogos llevan todos barba de Moisés?) se puso a recordar un caso ocurrido en el norte, una mujer asesinada con matarratas y después despiezada.

La misma palabra usada por Pasquano que lo había hecho reír.

¿Qué había dicho el doctor a ese respecto?

Que al muerto lo habían cortado en cierta cantidad de trozos. Sí, pero ¿cuántos en concreto?

Montalbano se puso en pie de un brinco, desorientado, sudado; la fiebre había vuelto a subirle unos grados. Corrió al teléfono y marcó un número.

Oyó sonar los tonos un buen rato sin que nadie contestara. Adelante, la tabla del... Pero ¡qué coño de tabla! Si no contestaban, la cosa acabaría como en Columbine: subiría al coche y les pegaría un tiro uno a uno. Al final se oyó la voz de un hombre, tan borracho que hasta le llegó el pestazo del aliento a través de la línea.

—¿*Tica*? ¿*Guién* habla?

—Soy Montalbano. ¿Está el doctor Pasquano?

—A *guesta* hora de la noche... se... *serrado guestá* el de... pósito.

Pues entonces debía de estar en su casa. Le contestó una adormilada voz femenina.

—Soy Montalbano. ¿Está el doctor?

—No, comisario. Se ha ido al círculo.

—Perdone, señora, ¿tiene el número?

La mujer se lo dio y él llamó allí.

—¿Oiga? Soy Montalbano.

—¿Y a mí qué coño me importa? —contestó un sujeto antes de colgar.

Debía de haberse equivocado en algún número, pues en todos los dedos tenía un temblor difícil de controlar.

—Soy Montalbano. ¿Está el doctor Pasquano?

—Voy a ver si puede ponerse.

Tabla del siete entera.

—No; está jugando y no quiere que lo molesten.

—Oiga, dígale lo siguiente: o coge el teléfono o me presento en su casa sobre las cinco de la madrugada con la banda de la policía. Programa: primero, *Marcha triunfal* de *Aida*; segundo...

—Voy a decírselo.

Tabla del ocho.

—Un caballero no puede estar tranquilo sin que usted le toque los cojones, ¿verdad? Pero ¿qué coño de forma de actuar es la suya, eh? ¿Se da cuenta, eh? ¿Por qué necesita partirse los cuernos conmigo, eh? ¿Qué coño quiere?

—¿Se ha desahogado, doctor?

—¡Todavía no, grandísimo coñazo!

—¿Puedo hablar?

—Sí, pero después desaparezca de la faz de la tierra, porque si me lo encuentro le hago la autopsia sin anestesia.

—¿Podría decirme en cuántos trozos exactamente cortaron al muerto?

—Lo he olvidado.

—Se lo ruego, doctor.

—Espere que hago la cuenta. Los dedos de las manos y los pies... las piernas... las manos... las orejas... los antebrazos y un brazo... la cabeza... En total, veintinueve; no, espere: treinta trozos.

—¿Está seguro? ¿Treinta?

—Segurísimo.

Por eso le habían dejado un brazo. Si lo hubieran cortado, los trozos habrían sido treinta y uno. En cambio, tenían que ser treinta exactamente.

Como los treinta denarios de Judas.

Ya no conseguía aguantar el calor que hacía en la casa. Se vistió, se puso una chaqueta gruesa y salió a la galería para pensar.

De que se trataba de una acción de la mafia no le cabía la menor duda desde que Pasquano le dijo que al desconocido lo habían abatido con un tiro en la nuca. Tratamiento típico que juntaba con un hilo ideal la peor y más cruel delincuencia con ciertos métodos previstos en honrosos usos militares.

Pero ahora estaba emergiendo algo más.

El autor le estaba facilitando deliberadamente información concreta acerca del porqué y el cómo del asesinato.

Por de pronto, el homicidio lo había llevado a cabo —o lo había ordenado, que era lo mismo— alguien que todavía actuaba según el respeto a las reglas de la vieja mafia.

¿Por qué?

Fácil respuesta: porque la nueva mafia dispara a lo loco, a diestro y siniestro, a ancianos y niños, caiga donde caiga, y jamás se digna dar una explicación de lo que ha hecho.

La vieja mafia no: ésta explicaba, se decía. Claro que no de palabra o por escrito, eso no, pero sí con signos.

La vieja mafia era maestra en semiología, que es la ciencia de los signos utilizados para comunicar.

¿Muerto con una tallo de higo chumbo sobre el cuerpo?

Lo hemos hecho porque nos ha pinchado con demasiadas espinas, con demasiados disgustos.

¿Muerto con una piedra en el interior de la boca?

Lo hemos hecho porque hablaba demasiado.

¿Muerto con las manos cortadas?

Lo hemos sorprendido con las manos en la masa.

¿Muerto con los cojones en la boca?

Lo hemos hecho porque ha ido a follar donde no debía.

¿Muerto con los zapatos sobre el pecho?

Lo hemos hecho porque quería escapar.

¿Muerto con los ojos sacados?

Lo hemos hecho porque no quería rendirse a la evidencia.

¿Muerto con todos los dientes arrancados?

Lo hemos hecho porque quería comer demasiado.

Y así sucesivamente.

Por eso la descodificación del mensaje le resultó muy clara y rápida: lo hemos matado tal como merecía porque nos ha traicionado por treinta denarios, como Judas.

Por consiguiente, la conclusión lógica sería que el desconocido era un mafioso «ajusticiado» por traidor. Lo cual era finalmente un primer paso adelante.

Un momento, Montalbà. A lo mejor has sido tocado por la Gracia.

Pues sí. Porque si el razonamiento cuadraba, y cuadraba de maravilla, quizá sería posible librarse de aquella investigación, esquivarla con elegancia.

En efecto, si el asesinado era un mafioso, quizá la cosa ya no le correspondiera a él sino a Antimafia.

Se alegró. Sí, ése era el camino adecuado. Actuando así, se quitaba de encima la molesta cuestión de Mimì.

A la mañana siguiente, lo primero que tenía que hacer era ir a Montelusa a hablar con el compañero Musante, uno de los que se encargaban de los asuntos de la mafia.

8

Pero entretanto tenía que pasar el rato esperando la llamada de Ingrid.

Sin engañarse a sí mismo tal como solía, hizo los únicos tres solitarios que conocía. Los repitió y repitió. No le salió ni uno.

Luego fue a buscar un libro comprado por Livia, *Los solitarios con las cartas*. El primero que estudió pertenecía a la categoría de los que el autor clasificaba como más fáciles. No comprendió ni siquiera cómo se colocaban las cartas. Después jugó una partida de ajedrez contra él mismo, pero cambiando cada vez de sitio para que pareciera otra persona. Por suerte, la partida duró un buen rato, pero ganó el adversario gracias a una jugada genial. Y él se enfadó consigo mismo por haber perdido.

«¿Quiere la revancha, comisario?», le preguntó el adversario.

«No, gracias», le contestó Montalbano a Montalbano.

Igual el otro ganaba también en la revancha.

Minucioso examen ante el espejo del cuarto de baño de un grano minúsculo al lado de la nariz. Constatación amarga de cierta caída de cabello. Fracasado intento de recuento (aproximado) de los propios cabellos.

Segunda partida de ajedrez, también perdida, con lanzamiento de objetos varios contra las paredes.

· · ·

La llamada no llegó. Pero sobre las seis de la madrugada, cuando, ya agotado, había ido a tumbarse en la cama, oyó que un coche se detenía en la explanada que había frente a la puerta. Fue corriendo a abrir. Era Ingrid, muerta de frío.

—Dame un té hirviendo. Estoy congelada.

—Pero ¿tú no estabas acostumbrada a fríos más...?

—Se ve que he perdido la costumbre.

—Dime qué has hecho.

—Me he situado en una travesía desde la que podía ver la casa de Mimì. Él salió a las diez, subió al coche, que tenía aparcado allí delante, y se fue. Estaba muy nervioso.

—¿Cómo lo sabes?

—Por su manera de conducir.

—Aquí tienes el té. ¿Vamos al salón?

—No; quedémonos en la cocina. En determinado momento pensé que Mimì venía a verte.

—¿Por qué?

—Porque se dirigía hacia Marinella. Sin embargo... ¿Recuerdas que, a la altura del paseo marítimo, hay a la derecha un surtidor de gasolina que ya no se utiliza?

—Perfectamente.

—Bueno, poco después del surtidor hay una calle sin asfaltar que sube hacia la colina. La enfiló. Yo la conozco porque lleva a unos cuantos chalets, y en uno de ellos he estado algunas veces. Tenía que mantenerme bastante cerca de su coche porque esa calle la cruzan muchas otras que van a los distintos chalets. Si él la hubiera dejado, me habría costado seguirlo. En cambio, de repente se detuvo delante del cuarto chalet a la derecha, bajó, abrió la verja y entró.

—¿Y tú qué hiciste?

—Seguí adelante.

—¿Pasaste junto a Mimì?

—Sí, y él se dio la vuelta.

—¡Maldita sea!

—Tranquilo. Descarto que haya podido reconocerme. El Micra lo tengo desde hace apenas una semana.

—Sí, pero tú eres...

—¿Reconocible? ¿Incluso con gafas de sol y un sombrerote que parecía Greta Garbo?

—Esperemos. Sigue.

—Poco después retrocedí con el motor apagado. El coche de Mimì estaba en el jardín. Él había entrado en la casa.

—¿Esperaste la llegada de la mujer?

—Claro. Hasta hace media hora. No la vi llegar.

—Pero entonces, ¿qué significa esta historia?

—Mira, Salvo, cuando pasé por delante de la casa por primera vez, puedo jurar que dentro la luz estaba encendida. Ya había alguien esperándolo.

—¿Eso significa que esa mujer vive allí?

—No está claro. Mimì dejó el coche en el jardín, no en un pequeño garaje que hay al lado de la casa. Probablemente ya estaba ocupado por el coche de la mujer, que habría llegado antes.

—Pero, Ingrid, quizá el garaje estuviera ocupado por el coche de la mujer no porque ella hubiese llegado unos minutos antes, sino precisamente porque vive allí.

—Eso también es posible. De todos modos Mimì no llamó; utilizó una llave para abrir la verja.

—¿Por qué no esperaste un poco más?

—Porque empezaba a pasar demasiada gente.

—Gracias.

—¿Gracias y ya está? —preguntó Ingrid.

—Gracias y ya está —dijo Montalbano.

Antes de salir de casa, cuando ya eran casi las nueve, llamó a Montelusa.

—Hola, Musante. Soy Montalbano.

—Pero ¡hombre! ¡Es un verdadero placer oírte! A tu disposición, dime.

—¿Podría pasar por tu despacho esta mañana?

—Puedes venir dentro de una hora. Después empieza una reunión que...

—De acuerdo, gracias.

Subió al coche y, al llegar a la altura del viejo surtidor de gasolina, efectuó una lentísima curva en forma de u que desencadenó los peores instintos homicidas de quienes iban detrás de él.

—¡Capullo!

—¡Cabrón!

—¡Asesinado tienes que morir!

Tomó la calle sin asfaltar y poco después pasó por delante del cuarto chalet. Ventanas cerradas, persiana metálica del garaje bajada. Pero la verja estaba abierta: había un viejo trabajando en el jardín, muy bien cuidado. Montalbano se detuvo, bajó y se puso a mirar el chalet. De planta baja y cierta elegancia.

—¿Busca a alguien? —preguntó el viejo.

—Sí, al señor Casanova, que tendría que vivir aquí.

—No, señor; se equivoca. Aquí no vive nadie.

—Pero ¿de quién es el chalet?

—Del señor Pecorini. Y sólo viene en verano.

—¿Dónde puedo encontrar al señor Pecorini?

—En Catania. Trabaja en el puerto, en la aduana.

Volvió al coche y se dirigió a la comisaría. Si llegaba a Montelusa con cinco minutos de retraso, paciencia. Se detuvo en el aparcamiento de la comisaría, pero se quedó en el coche, apoyó la palma de la mano en el claxon y no la retiró hasta que en la puerta apareció Catarella. El cual, en cuanto lo reconoció, echó a correr hacia el coche.

—¿Qué ocurre, *dottori*? ¿Qué ha pasado, *dottori*?

—¿Está Fazio?

—Sí, *siñor dottori*.

—Llámalo.

Fazio llegó con paso decidido, como un *bersagliere* en el desfile de la fiesta de la República.

—Fazio, ponte en marcha enseguida. Quiero saberlo todo acerca de un tal Pecorini que trabaja en la aduana del puerto de Catania.

—¿Tengo que actuar con sigilo, *dottore*?

—Pues más bien sí.

El despacho de Antimafia ocupaba cuatro habitaciones del cuarto piso de Jefatura. Puesto que el ascensor estaba, como de costumbre, averiado, Montalbano empezó a subir por la escalera. Cuando levantó la cabeza al llegar al segundo piso, vio bajar al *dottor* Lattes. Para evitar el tostón de las habituales preguntas acerca de la familia, se sacó del bolsillo el pañuelo y hundió el rostro en él, sacudiendo los hombros como si estuviera llorando con desesperación. Lattes se pegó a la pared y lo dejó pasar sin atreverse a abrir la boca.

—¿Quieres un café? —preguntó Musante.

—No, gracias. —No se fiaba de eso que en los despachos ofrecían como café.

—¿Entonces? Cuéntame.

—Pues mira, Musante, considero que tengo en las manos un homicidio que, a mi juicio, es obra de la mafia.

—Alto ahí. Has de contestar a una pregunta. Lo que estás a punto de decirme, ¿de qué manera pretendes decírmelo?

—En endecasílabos libres.

—Montalbà, no te hagas el gracioso.

—Perdona, pero no he comprendido tu pregunta.

—¿Me lo dices de manera oficial o por vía oficiosa?

—¿Cuál es la diferencia?

—Si me lo dices de manera oficial, mando levantar un acta; si me lo dices por vía oficiosa, tengo que llamar a un testigo.

—Comprendo.

Los de Antimafia se ponían en guardia. Debido a los nexos entre la mafia y los altos sectores de la industria, la empresa y la política, era mejor ser precavidos y actuar con prudencia.

—Como eres un amigo, te ofrezco la posibilidad de elegir el testigo. ¿Gullotta o Campana?

—Gullotta.

Lo conocía bien y le caía simpático.

Musante se retiró y regresó poco después con Gullotta, el cual estrechó sonriendo la mano de Montalbano. Era evidente que se alegraba de verlo.

—Ahora puedes seguir —dijo Musante.

—Me refiero al desconocido que se encontró troceado en el interior de una bolsa. ¿Habéis oído hablar de eso?

—Sí —dijeron Musante y Gullotta a coro.

—¿Sabéis cómo lo asesinaron?

—No —contestó el coro.

—Con un tiro en la nuca.

—¡Ah! —exclamó el coro.

En aquel momento llamaron con los nudillos a la puerta.

—¡Adelante! —dijo el coro.

Entró un cincuentón con bigote, que miró a Montalbano y después a Musante y le hizo señas de que quería hablar con él. Musante se levantó, el otro le dijo algo al oído y se marchó. Entonces Musante le hizo señas a Gullotta, que se levantó y se le acercó. Musante le habló al oído a Gullotta y ambos miraron a Montalbano. Después se miraron el uno al otro y volvieron a sentarse.

—Si es una escena de mímica cómica, no la he entendido —dijo Montalbano.

—Continúa —repuso Musante muy serio.

—Eso del tiro en la nuca ya sería un indicio —prosiguió el comisario—. Pero hay más. ¿Recordáis el Evangelio de Mateo?

—¡¿Qué?! —exclamó Gullotta, atónito.

Musante, en cambio, se inclinó hacia Montalbano, le apoyó la mano sobre una rodilla y le preguntó:

—¿Seguro que estás bien?

—Pues claro que estoy bien.

—¿No estás alterado?

—Pero ¡qué dices!

—Pues entonces, ¿por qué hace un momento llorabas desconsoladamente en la escalera?

¡Eso había ido a decirle el hombre del bigote! Montalbano se vio perdido. ¿Y ahora cómo les explicaba el complicado asunto a aquellos dos, que lo miraban entre la sospecha y la preocupación? Él mismo se había jodido por sus propios medios. Sonrió con cierto esfuerzo, asumió (no supo cómo) un aire desenvuelto y contestó:

—Ah, ¿eso? Ha sido culpa del *dottor* Lattes, que...

—¿Te ha regañado? ¿Te ha levantado la voz? —preguntó asombrado Musante.

—¿Te ha leído la cartilla? —insistió Gullotta.

¿No sería posible que hablara sólo uno de los dos? No, no era posible. Stan Laurel y Oliver Hardy. Un dúo cómico.

—Qué va, todo viene de que yo, después de decirle que mi mujer se había fugado con un extracomunitario...

—Pero ¡si tú no estás casado! —le recordó alarmado Musante.

—¿O acaso te has casado y no nos lo habías dicho? —señaló Gullotta como hipótesis de trabajo.

—No, claro que no estoy casado. Pero veréis, como le he dicho que mi mujer había regresado por los niños...

—¿Tienes hijos? —preguntó un sorprendido Gullotta.

—¿Cuántos años tienen? —inquirió Musante.

—No, pero... —Se desinfló. No consiguió continuar. Le faltaban las palabras. Se agarró la cabeza entre las manos.

—¿Ahora también te vas a poner a llorar aquí dentro? —le preguntó Musante muy preocupado.

—Valor, todo tiene remedio —dijo Gullotta.

¿Cómo explicarlo? ¿Lanzando gritos? ¿Partiéndoles la cara? ¿Sacando el revólver? ¿Obligándolos a escucharlo? Lo habrían tomado por loco de atar. Procuró conservar la calma, y con el esfuerzo empezó a sudar.

—¿Me hacéis el favor de escucharme aunque sólo sean cinco minutos?

—Claro, claro —respondió el coro.

—Es cierto que lloraba, pero no lloraba de verdad.

—Claro, claro.

No había nada que hacer; a aquellas alturas ya era obvio que se estaba poniendo en evidencia, y ellos lo trataban con precaución, dándole siempre la razón como se hace con los locos para que estén tranquilos.

—Estoy bien, os lo juro —aseguró el comisario—. Y procurad seguirme con atención.

—Claro, claro.

Les contó toda la historia, desde la lectura del libro de Camilleri hasta la conversación telefónica con el doctor Pasquano. Al final se sumió en un silencio pensativo. Pero le pareció que Musante y Gullotta habían cambiado un poco de opinión; ya no debían de considerarlo tan loco.

—¿Encontráis una lógica en mi locura? —preguntó Montalbano.

—Bueno... —dijo Gullotta sin captar la docta cita shakespereana.

—En resumen, ¿por qué has venido a contarnos esta historia? —inquirió Musante.

Montalbano lo miró sorprendido.

—Porque este muerto es indudablemente un mafioso asesinado por sus compañeros. ¿O acaso a vosotros sólo os interesan los mafiosos vivos?

Musante y Gullotta intercambiaron una mirada.

—No —respondió Gullotta—. Nos interesan siempre, vivos o muertos. Por lo que me ha parecido comprender, querrías descargar la investigación sobre nosotros.

—Quieres lavarte las manos, quizá porque estás un poco agotado —dijo Musante comprensivo.

¡Menuda lata!

—No se trata de descargar nada ni de agotamiento.

—Ah, ¿no? ¿Pues de qué? —preguntó Musante.

—¿De qué? —repitió como un eco Gullotta, introduciendo así una variante en el repertorio.

—Todas las investigaciones relacionadas con la mafia, hasta que se demuestre lo contrario, ¿os corresponden a vosotros o no?

—Por supuesto. Pero sólo cuando estamos seguros de que se trata de la mafia —contestó Musante.

—Más que seguros —añadió Gullotta.

—¿No os he convencido?

—Sí, en parte y de palabra. Pero no podemos presentarnos ante nuestros superiores diciendo que has llegado a cierta convicción leyendo novelitas como las de Camilleri...

—... y el Evangelio de Mateo —concluyó Gullotta.

—¿Cuántos años tenéis? —preguntó Montalbano.

—Cuarenta y dos —respondió Musante.

—Cuarenta y cuatro —dijo Gullotta.

—Sois demasiado jóvenes.

—¿Qué quiere decir eso? —Volvían a hablar a coro.

—Quiere decir que estáis acostumbrados a la mafia de hoy y ya no entendéis ni torta de semiología.

—Yo de semiología nunca he... —empezó Gullotta en tono dubitativo.

Musante lo interrumpió:

—Mira, Montalbano, si hubieras identificado el cadáver y nosotros tuviéramos la certeza de que se trata de un mafioso, entonces...

—Comprendo. Queréis que os sirvan la comida en la mesa.

El coro abrió los brazos simultáneamente en señal de lamento.

Montalbano se levantó. El coro se levantó.

—¿Puedo pediros una información?

—Si está en nuestras manos...

—Que vosotros sepáis, hace unos dos meses, ¿hubo algún movimiento en la mafia de Vigàta y alrededores?

Montalbano comprendió que con aquellas palabras había despertado el interés de los dos coristas. Se tensaron desde la relajada posición de despedida que estaban adoptando.

—¿Por qué? —preguntó receloso el coro.

Y un cuerno les iba a contar ahora que había ido dispuesto a revelarles que el asesinato del desconocido se había producido unos dos meses atrás.

—Pues no sé; una cosa que me ha pasado por la cabeza.

—Nada, no ha ocurrido nada —dijo Musante.

Por lo visto, cuando tenían que decir mentiras, se convertían en solistas. Estaba claro que no tenían ninguna intención de compartir con un medio chalado como él una investigación secreta.

Se despidieron.

—Cuídate —le sugirió Gullotta.

—Tómate unos días de descanso —le aconsejó Musante.

O sea, que con toda seguridad había ocurrido algo dos meses atrás. Una cuestión que Antimafia mantenía escondida porque la investigación aún seguía en marcha.

Al llegar a la comisaría, Montalbano llamó a Fazio y le contó la conversación con Musante y Gullotta. No le dijo, naturalmente, que, encima, lo habían tomado por loco.

—¿Tú tienes algún amigo en Antimafia?

—Sí, señor *dottore*: Morici.

—¿Un cincuentón con bigote? —preguntó alarmado Montalbano.

—No, señor.

—¿Podrías hablar con él?

—¿Qué tengo que preguntarle?

—Si sabe lo que ocurrió hace dos meses, lo que Musante y Gullotta no han querido decirme.

—*Dottore*, yo lo intento, pero...

—¿Pero?

—Pese a toda la amistad que tengo con Morici, es un hombre de pocas palabras, un santo que no suda.

—Pues intenta que sude, aunque sea difícil. ¿Has empezado a trabajar sobre Pecorini?

—Sí, señor. He empezado y hasta he terminado. Tengo una respuesta negativa.

—¿O sea?

—En la aduana de Catania no trabaja y jamás ha trabajado nadie con ese nombre.

—Ah, comprendo. A lo mejor, el que me facilitó la información no quería decir que trabajara dentro de la aduana, sino en esa misma zona. Son cosas que ocurren hablando.

—¿Y ahora dónde encuentro a ese Pecorini?

¿No sería posible que Mimì, para alquilar el chalet, hubiera recurrido a alguna agencia?

—Oye, ¿cuántas agencias alquilan o venden casas en Vigàta?

Fazio efectuó un rápido cálculo mental.

—Cinco y media, *dottore*.

—¿Qué pretendes decir con media?

—Que una también vende coches.

—Mira a ver si Pecorini se dirigió a una de ellas para alquilar un chalet aquí.

—¿Alquilarlo para él o alquilarlo a otros?

—Para alquilar a otros un chalet de su propiedad. Si tienes suerte, consigue que te digan dónde trabaja o, por lo menos, dónde vive. A la fuerza tiene que haber dejado sus datos en la agencia.

—¿Sabe la dirección?

—¿Del chalet? No.

Era mejor no facilitarle a Fazio demasiados datos. Igual descubría que se lo había alquilado a Mimì.

· · ·

Por la tarde, al entrar en la comisaría, estuvo a punto de chocar con Mimì Augello, que salía presuroso.

—Un saludo, Mimì.

—Otro para ti —contestó bruscamente.

Montalbano se volvió a mirarlo mientras Mimì, en el aparcamiento, se dirigía hacia su coche. Le pareció que caminaba con los hombros un tanto encorvados.

En aquel instante se detuvo un coche al lado del de Mimì, y de él bajó una mujer que al comisario le pareció más que considerable.

Pero Augello ni siquiera la consideró, no la miró; arrancó su vehículo y se fue.

¡Cuánto había cambiado Mimì! En otros tiempos, en presencia de una mujer así, seguramente habría intentado trabar conversación, hacer amistad.

9

Cuando llevaba menos de cinco minutos sentado en su despacho, la puerta chocó contra la pared con tal violencia que el propio Catarella, el autor de lo que debería haber sido una simple llamada con los nudillos, se impresionó.

—¡Virgen santísima, qué golpe he dado! ¡Me he pegado un susto, *dottori*! ¡Qué mujer!

—¿Dónde?

—Aquí, *dottori*. Dice que llámase Dolorosa. Pero ¡qué dolorosa ni qué niño muerto! ¡Ésa le da alegría a cualquiera! Quiere hablar con usía personalmente en persona. ¡Virgen santa, qué mujer! ¡Hacen falta ojos para mirarla!

Debía de ser la que él había visto en el aparcamiento. Y a una mujer que le hacía perder la cabeza incluso a Catarella, ¿Mimì no se había dignado siquiera mirarla? ¡Pobre Mimì, a qué se había reducido!

—Hazla pasar.

Parecía falsa. Era una treintañera espectacular, morena, muy alta, largo cabello derramado sobre los hombros, ojos enormes y profundos, boca grande, labios voluminizados no por un cirujano sino por la propia naturaleza, buena dentadura para comer carne viva, grandes pendientes de aro, de gitana. Y de gitana eran también la falda y la blusita, hinchada por dos bolas de torneo internacional.

Parecía falsa, pero era de verdad. ¡Vaya si era de verdad!

Montalbano tuvo la impresión de conocerla, pero después comprendió que era un recuerdo visual, pues la mujer se parecía a actrices de películas mexicanas de los años cincuenta que él había visto en una retrospectiva.

Con ella, el despacho se llenó de un ligero perfume a canela.

No, no era perfume: era su piel, que emanaba aquel aroma. Mientras le tendía la mano, Montalbano advirtió que la mujer tenía unos dedos muy largos, desproporcionados, peligrosos, fascinantes.

Se sentaron, ella delante, con aire serio y preocupado, y él detrás del escritorio.

—Usted dirá, señora.

—Me llamo Dolores Alfano.

Montalbano dio un salto hacia el techo, pero, al volver a caer, su nalga izquierda no dio en la silla, y él estuvo a punto de desaparecer bajo el escritorio. Dolores Alfano pareció no prestar atención.

Ahí estaba al final, personalmente en persona, la mujer misteriosa de la que le había hablado el director Fabio Giacchetti, la mujer a la que, a la vuelta de un encuentro galante, alguien quizá había intentado atropellar.

—Pero Alfano es el apellido de mi marido Giovanni —añadió—. El mío es Gutiérrez.

—¿Es usted española?

—No; colombiana. Pero vivo desde hace años en Vigàta, en via Guttuso, número doce.

—Usted dirá, señora —repitió Montalbano.

—Mi marido está embarcado en un portacontenedores, donde es segundo oficial. Nos mantenemos en contacto mediante cartas y postales. Antes de marcharse, él me hace una lista de las escalas con las fechas de llegada y salida para poder recibir mis cartas. Alguna vez, muy raramente, nos llamamos por el móvil vía satélite.

—¿Y qué ha ocurrido?

—Ha ocurrido que Giovanni se embarcó hace dos meses para una travesía muy larga, y al cabo de veinte días aún no me había escrito ni telefoneado. Jamás había sucedido. Me preocupé y lo llamé. Me contestó que gozaba de buena salud y tenía mucho trabajo.

Montalbano la escuchaba fascinado. Dolores tenía una voz de cama; no se podía definir de otra manera. Igual decía sólo buenos días y uno pensaba inmediatamente en cobertores enredados, almohadas caídas al suelo, sábanas humedecidas de un sudor con olor a canela.

El acento sudamericano que le salía cuando hablaba mucho rato era como un aliño picante.

—... una postal —dijo Dolores.

Montalbano, extraviado detrás de aquella voz, se había distraído pensando precisamente en camas deshechas, noches tórridas con rancheras como telón de fondo musical...

—¿Cómo ha dicho, perdón?

—He dicho que anteayer me llegó una postal suya.

—Muy bien, o sea, que ya está más tranquila.

Ella no contestó. Sacó del bolso la postal y se la entregó al comisario.

Se veía el puerto de un pueblo que Montalbano jamás había oído nombrar, y el sello era argentino. En ella se leía: «Estoy bien. ¿Y tú? Besos. Giovanni.»

No parecía precisamente expansivo el señor Alfano. Pero, en cualquier caso, era mejor que nada. Montalbano levantó los ojos y miró a Dolores con semblante inquisitivo.

—No creo que la haya escrito mi marido —dijo ella—. La firma me parece distinta.

Sacó del bolso otras cuatro postales y se las tendió a Montalbano.

—Compárela con estas que me envió el año pasado.

No era necesario recurrir a un calígrafo. Saltaba a la vista que la letra de la última postal estaba falsificada. Y por si fuera poco, falsificada sin demasiado esmero. Pero las postales antiguas tenían un tono distinto:

«Te quiero mucho.»

«Pienso siempre en ti.»

«Te echo de menos.»

«Te beso toda entera.»

—Esta última postal —prosiguió Dolores— me ha hecho recordar una extraña impresión que tuve tras telefonearle.

—¿Cuál?

—Que no era él quien contestó la llamada. Tenía una voz distinta. Como si estuviera resfriado. Entonces quise creer que era por culpa del móvil. Ahora ya no estoy tan segura.

—Y según usted, ¿qué podría hacer yo?

—Pues no lo sé.

—Es un buen problema, señora. La postal no la ha escrito su esposo, ahí tiene usted razón. Pero eso también puede significar que él no haya podido desembarcar por el motivo que sea y le haya encargado a un amigo que la escribiera y se la enviase para que usted no se preocupara.

Ella negó con la cabeza.

—En ese caso, podría haberme telefoneado.

—Es cierto. ¿Por qué no lo ha hecho usted?

—Lo he hecho. En cuanto recibí la postal. Y lo he llamado otras dos veces, incluso antes de venir aquí. Pero el teléfono está siempre muerto, no contesta nadie.

—Comprendo su preocupación, señora, pero...

—¿Ustedes no pueden hacer nada?

—Nada. Porque, verá, hoy por hoy, usted no está en condiciones de presentar siquiera una denuncia de desaparición. ¿Quién nos dice que la situación no sea otra?

—¿Y cuál podría ser?

—Pues... —Montalbano avanzó como pisando huevos—. Tenga en cuenta que es sólo una simple suposición... Bueno...

podría ser que su marido hubiera tenido un encuentro, no sé si me explico, un encuentro que...

—Mi marido me quiere. —Lo dijo serenamente, casi sin ninguna entonación. Después sacó un sobre del bolso y extrajo una hoja—. Es una carta que Giovanni me envió hace cuatro meses. Léala.

...no pasa una noche sin que sueñe que estoy dentro de ti... vuelvo a oír lo que me dices cuando estás a punto de alcanzar el orgasmo... e inmediatamente quisiera volver a empezar... cuando tu lengua...

Montalbano se ruborizó ligeramente, consideró que ya era suficiente y le devolvió la carta.

Tal vez fuera su imaginación, pero en lo más hondo de lo hondo de los profundos ojos de aquella mujer creyó ver aparecer y desaparecer un destello de... ¿ironía?, ¿diversión?

—La última vez que estuvo aquí su marido, ¿cómo se comportó?

—¿Conmigo? Como siempre.

—Mire, señora, lo único que puedo hacer es darle un consejo, ¿cómo diría?, de carácter extraoficial. ¿Conoce el nombre del buque en que está embarcado su marido?

—Sí, el *Ruy Barbosa*.

—Pues entonces póngase en contacto con la empresa naviera. ¿Es italiana?

—No; brasileña, la Stevenson & Guerra.

—¿Tienen agente en Italia?

—Claro, en Nápoles. El agente se llama Pasquale Camera.

—¿Tiene su dirección o número de teléfono?

—Sí, lo tengo escrito aquí. —Sacó un papelito del bolso y se lo tendió a Montalbano.

—No, no me lo dé a mí. Es usted quien debe llamar para averiguar algo.

—No, yo no —repuso decididamente Dolores.

—¿Por qué no?

—Porque no quisiera que mi marido pensara que yo... No, prefiero no hacerlo. Hágalo usted, por favor.

—¡¿Yo?! Pero, señora, yo, como comisario, no...

—Diga que es un amigo de Giovanni que está preocupado porque no tiene noticias suyas desde hace tiempo.

—Mire, señora...

Dolores se inclinó hacia delante. Montalbano tenía los brazos apoyados sobre el escritorio. Ella posó sus manos, cálidas como si tuviera fiebre, sobre las de Montalbano, y luego sus dedos se introdujeron por los puños de la camisa del comisario; primero le acariciaron suavemente la piel, después se la apretaron como si fueran garras.

—Ayúdame —pidió.

—De... de... acuerdo —respondió Montalbano.

Se levantaron. El comisario fue a abrir la puerta. Y vio que media comisaría estaba en el vestíbulo, todos mirando con rostro aparentemente indiferente. Al parecer, Catarella había hecho correr la voz sobre la belleza de Dolores.

Una vez a solas, Montalbano se quitó la chaqueta, se desabrochó los puños y se arremangó.

Dolores le había dejado la señal de sus uñas, lo había marcado. Sentía una leve quemazón. Se olfateó los brazos: olían ligeramente a canela. ¿No sería mejor aclarar de inmediato la cuestión? ¿Y quitarse de encima a aquella mujer que parecía una leoparda? Cuantas menos ocasiones tuviera de verla, mejor.

—¿Catarella? Márcame este número de Nápoles. Pero no digas que llamas desde una comisaría.

Tabla del och... Una voz femenina contestó de inmediato.

—Agencia marítima Camera.

—Davide Maraschi. Quisiera hablar con el señor Camera.

—Espere un momento.

Empezó a sonar una cancioncilla apropiada para el lugar: *O sole mio.*

—¿Puede mantenerse a la espera? El señor Camera está en el otro teléfono.

Cancioncilla: *Fenesta ca lucive.*

—Un momentito más.

Cancioncilla: *Guapparia.*

Le gustaban las canciones napolitanas, pero empezó a desear un poco de rock. Desanimado y temiendo tener que escuchar todo el repertorio de Piedigrotta —el barrio napolitano famoso por sus concursos de canciones populares—, estaba a punto de colgar cuando una voz masculina dijo:

—¿Sí? Soy Camera. ¿Con quién hablo?

¿Cómo coño le había dicho a la secretaria que se llamaba? Recordaba Davide, pero no el apellido. Sólo estaba seguro de que terminaba con «schi».

—Soy Davide Verzaschi.

—Dígame.

—Sólo le robaré unos minutos, pues veo que está muy ocupado. Oiga, ¿usted es el representante de la Stevenson & Guerra?

—También.

—Menos mal. Verá, tengo la urgente necesidad de ponerme en contacto con alguien que está embarcado en el *Ruy Barbosa.* ¿Tendría la amabilidad de explicarme cómo puedo hacerlo?

—Pero ¿usted cómo pretende ponerse en contacto?

—Descartaría una paloma mensajera o señales de humo.

—No entiendo.

¿Por qué se hacía el gracioso? Igual Camera colgaba y adiós muy buenas.

—No sé; escribiendo, llamando por teléfono.

—Si dispone de un teléfono vía satélite, no tiene más que marcar el número.

—Ya lo he hecho, pero no me contesta nadie.

—Entiendo. Espere un momento que miro en el ordenador... Ya lo he encontrado: el *Ruy Barbosa* hará escala en Lisboa exactamente dentro de ocho días. Por consiguiente, usted puede mandarle una carta. Puedo facilitarle la dirección del representante portugués y...

—¿No habría un medio más rápido? Tengo que transmitirle una mala noticia. Ha muerto su tía Adelaide, que para él era como una madre.

La pausa que siguió significaba que el señor Camera se debatía entre el deber y la compasión. Ganó esta última.

—Mire, voy a hacer una excepción dada la gravedad y urgencia del asunto. Le daré el móvil del segundo oficial, que también ejerce tareas de comisario. Tome nota.

¿Y ahora cómo salía del atolladero?... Pero ¡si el segundo oficial del *Ruy Barbosa* era la persona que buscaba, precisamente la persona de la que quería noticias!

—El segundo oficial —prosiguió Camera— se llama Couto Ribeiro, y su número es...

Pero ¿qué estaba diciendo?

—Perdone, pero ¿el segundo oficial no es Giovanni Alfano?

De golpe se produjo un silencio.

Y Montalbano se hundió en el consabido pánico que lo dominaba siempre que, mientras hablaba, se cortaba la línea. Era como si lo proyectaran al interior de una soledad sideral. Se puso a dar voces ansiosas:

—¿Oiga? ¿Oigaaa?

—No grite. ¿Usted es familiar de Alfano?

—No. Giovanni y yo somos amigos, fuimos compañeros de escuela, y...

—¿Desde dónde llama?

—Desde... desde Brindisi.

—O sea, que no está usted en Vigàta.

Elemental, querido Watson.

—¿Desde cuándo no ve a Alfano? —inquirió Camera.

Pero ¿qué le pasaba? ¿Por qué tantas preguntas? Su voz era brusca, casi enojada.

—Pues... hará algo más de dos meses... Me dijo que su siguiente embarque sería en el *Ruy Barbosa* como segundo oficial. Por eso me ha extrañado. ¿Qué ha ocurrido?

—Ha ocurrido que no se presentó al embarque. Tuve que encargarme de la sustitución en el último momento, y no fue fácil. Su amigo me ha puesto en apuros, unos apuros muy serios.

—¿Desde entonces no ha tenido noticias suyas?

—Tres días después me envió una nota para decirme que había encontrado algo mejor. Mire, si lo ve, dígale que Camera, en cuanto lo vea, le pateará el culo. Bien, ¿qué hacemos, señor...?

—Falaschi.

—¿... quiere el número de Couto Ribeiro o no?

—Dígame.

—Aclárame primero una cosa, querido señor Panaschi. Acabo de decirle que Alfano no está en el *Ruy Barbosa*, así que ¿para qué quiere ponerse en contacto con el barco?

Montalbano colgó.

El primer pensamiento del comisario fue que Giovanni Alfano se había escapado a la chita callando del hogar doméstico, por decirlo como le gustaba al *dottor* Lattes. Navega hoy y navega mañana, desembarca hoy y desembarca mañana, seguro que había encontrado a otra mujer en otro puerto. A lo mejor una rubísima vikinga que sabía a agua y jabón, porque ya se había cansado de la morena carne colombiana que olía a canela.

Y ahora igual navegaba más feliz que unas pascuas por los fiordos del mar del Norte. Y adiós muy buenas. ¿Quién podría darle caza? ¡Buena la había armado el muy descarado! No se había presentado al embarque, le había enviado a Camera una nota con la falsa historia de que había encontrado un trabajo mejor, había regalado el móvil a un amigo diciéndole que, si por casualidad llamaba su mujer, fingiera ser él, y además le había pedido que le enviara a Dolores una postal falsa al cabo de unos dos meses. De esa manera obtenía una buena ventaja antes de que su esposa comprendiera que se había largado e iniciara la inútil búsqueda. Y ahora, ¿qué hacer?

¿Presentarse en via Guttuso número 12, llamar a la puerta y decirle a la leoparda que se había quedado viuda, aunque fuera blanca?

¿Cómo reaccionan las leopardas cuando se enteran de que su leopardo las ha abandonado? ¿Arañan? ¿Muerden? ¿Y si ésa, pongamos por caso, se echaba a llorar, se derrumbaba entre sus brazos y quería que la consolara? No; era una idea más bien peligrosa.

Quizá fuera mejor telefonear.

Pero ¿se pueden decir ciertas cosas por teléfono? Montalbano estaba convencido de que, a media conversación, se armaría un lío. No; más seguro escribirle una nota. Y aconsejarle, antes de presentar la denuncia de desaparición, que recurriera a *¿Quién lo ha visto?*, el programa en que se buscaban, y a menudo se encontraban, personas desaparecidas antes incluso de que la policía entrara en acción.

Pero ¿no sería mejor dejarlo todo para el día siguiente?

Día más, día menos, nada cambiaría. Al contrario. Por lo menos así la señora Dolores ganaría una noche de tranquilidad.

«Mañana —concluyó—, mañana.»

Estaba a punto de irse a Marinella cuando llegó Fazio. Por su cara era evidente que traía un buen cargamento. Iba a abrir la boca cuando su expresión cambió de golpe al ver los arañazos que el comisario tenía en los brazos.

—¡Pero bueno! ¿Cómo ha hecho para arañarse de esa manera? ¿Se ha desinfectado los cortes?

—No he sido yo —contestó molesto Montalbano, bajándose las mangas de la camisa—. Y no hace falta desinfectarlos.

—¿Pues quién ha sido?

—¡Qué pesado! Después te lo digo. Habla.

—Bueno pues. En primer lugar, Pecorini no se dirigió a ninguna agencia para alquilar el chalet. He llamado a todas. Pero el señor Maiorca, titular de una de las agencias, al oír por teléfono el nombre de Pecorini, ha dicho: «¿Quién, el carnicero?» «¿Lo conoce?», le he preguntado. «Sí.» Entonces he ido a verlo para hablar personalmente con él.

Sacó del bolsillo una hojita de papel, y estaba a punto de decir algo cuando la mirada homicida de Montalbano lo bloqueó.

—Vale, *dottore*, vale, nada de datos del registro civil, lo mínimo indispensable. El Pecorini que le interesa es un vigatés de cincuenta años que se llama Arturo y hasta hace unos dos años vivía en Vigàta y trabajaba como carnicero. Después se trasladó a Catania, donde abrió una carnicería muy grande en el puerto, precisamente muy cerca de la aduana. Coincide, ¿verdad?

—Parece que sí. ¿En Vigàta sólo conservó el chalet de verano?

—No, señor *dottore*. Tiene también la casa donde siempre había vivido, pero en el pueblo, en via Pippo Rizzo.

—¿Sabes dónde está esa calle?

—Sí, señor *dottore*, en ese barrio de ricos que me cae tan mal. Es una paralela a via Guttuso.

—Comprendo. ¿Y aquí vuelve sólo en verano?

—Pero ¡qué dice! La carnicería de aquí la conservó; de ella se encarga un hermano suyo que se llama Ignazio. Y él hace una escapada para venir a ver cómo van los negocios casi todos los sábados.

«Puede ser —pensó Montalbano— que Mimì lo conociera porque iba a comprarle la carne, habló con él, se enteró o ya se había enterado de que Pecorini tenía el chalet vacío y consiguió que se lo alquilara. Ésa podría ser la explicación.»

—¿Has hablado con tu amigo de Antimafia, Morici?

—Sí, señor. Nos veremos mañana por la mañana a las nueve en punto en un bar de Montelusa. Pero ¿me dice cómo se ha hecho esos arañazos?

—Me los ha hecho Dolores Alfano.

Fazio boqueó.

—¿Es tan guapa como dicen?

—Más aún.

—¿Ha estado aquí?

—Sí.

—¿A denunciar al que quiso atropellarla?

—De eso ni siquiera hemos hablado.

—Pues entonces, ¿qué quería?

Y Montalbano tuvo que contarle toda la historia, incluida la desaparición del capitán Giovanni Alfano.

—¿Y cómo lo ha arañado?

Un poco avergonzado, Montalbano se lo explicó.

—Cuidado, *dottore*, que esa mujer muerde.

10

Acababa de terminar de disfrutar de unas berenjenas a la parmesana cuando lo llamó Livia.

—Beba me ha tenido media hora al teléfono. Está desesperada, se ha pasado el rato llorando.

—Pero ¡¿por qué?!

—Porque Mimì la trata muy mal. Grita, arma jaleo, no se sabe qué quiere. Esta mañana le ha montado un número terrible. Beba cree que esos turnos de vigilancia lo alteran.

—¿Le has dicho que van a terminar pronto?

—Sí, pero entretanto la pobre... Tengo una curiosidad, Salvo. ¿Mimì había hecho esas vigilancias antes?

—Pues claro, decenas.

—¿Y jamás había reaccionado así?

—Jamás.

—Pues entonces, ¿cómo es que ahora...? ¡En fin! ¿No será que le está ocurriendo otra cosa, por casualidad?

Un timbre de alarma sonó en la cabeza del comisario.

—¿Qué otra cosa?

—Pues no sé. A lo mejor se ha enamorado de otra. Antes Mimì era muy enamoradizo, y entre el cansancio de esas noches de vigilancia y el malestar que siente con Beba...

¡Por el amor de Dios, Livia no tenía que ser rozada siquiera por esa idea, pues podía comprometerlo todo!

—Perdona, Livia, pero ¿cuándo se vería Mimì con esa otra mujer? Piénsalo: no tiene tiempo. Por ahora, las noches las pasa haciendo vigilancias o durmiendo en su casa, de día está en el despacho...

—Es verdad. Pero ¿a qué vienen todas esas vigilancias de repente y todas a cargo de Mimì?

¡Coño! Livia empezaba a volverse peligrosa; guiada por su olfato femenino, se estaba acercando casi a la verdad. Se le ofrecían dos caminos para desviarla: o ponerse como un energúmeno, afirmando que el incremento de la criminalidad no era culpa suya, o reflexionar con calma. Si seguía el primer camino, la cosa terminaría de mala manera, en pelea, y Livia seguiría anclada en su opinión; en cambio, quizá con el segundo camino...

—Es que se ha creado una situación de cierta emergencia... Hay una banda de peligrosos fugitivos de la justicia que ronda por los campos... Ya hemos capturado a uno, precisamente gracias a Mimì. Y no es exacto decir que todo recae sobre sus hombros; él está de guardia una noche sí y otra no. Cuando él descansa, lo sustituyen otros.

Todo mentiras. Pero Livia se quedó aparentemente convencida.

Antes de acostarse, encendió el televisor. La boca de culo de gallina de la cara de culo de gallina de Pippo Ragonese estaba diciendo algo que lo concernía.

«...y por supuesto no estamos refiriéndonos al posible desarrollo de las pesquisas sobre el desconocido asesinado y cortado en pedazos descubierto en la zona llamada '*u critaru*. Para hablar con absoluta franqueza, estamos desgraciadamente seguros de que esta investigación acabará archivándose sin que se descubra ni el nombre del asesinado ni el del asesino. No; nos referimos a lo que podría ocurrir en caso de un nuevo grave delito. ¿Estará la comisaría de Vigàta en condiciones de colaborar unitariamente en una compleja investigación sin que los malentendidos internos minen su solidez? Pues bien, ése es nuestro temor. Y tengan por cierto que volveremos muy pronto sobre el tema.»

Aquellas palabras con tantas entradas y salidas preocuparon mucho a Montalbano. Malentendidos internos. Estaba claro que, de alguna forma, Ragonese se había enterado de algo de lo que estaba sucediendo con Mimì en la comisaría. Sabía de la misa la media. Y era absolutamente necesario detenerlo antes de que supiera la otra mitad. Pero ¿cómo? Lo pensaría.

Por la mañana se vistió bien y se puso incluso corbata. No le parecía correcto presentarse ante la señora Dolores vestido de cualquier manera, pues tenía que darle una mala noticia.

Pero como todavía era muy pronto para aquella visita, pasó primero por la comisaría.

—¡Ah, *dottori*, *dottori*! ¡Qué elegante está cuando se viste elegante! —fue el admirado comentario de Catarella.

—¿Hay alguien?

—Sí, *siñor*, está Fazio.

—Envíamelo.

Fazio entró, lo miró y preguntó:

—¿Va a ver a la señora Alfano?

—Sí, dentro de poco. Y tú vienes también.

Fazio estaba desprevenido.

—Pero... ¿por qué? ¿No basta con usía?

—¿No dijiste que ésa es una mujer que muerde? Si estás tú, igual se reprime y no me muerde.

—Como usted mande, *dottore*. Total, a Morici ya lo he visto.

—¿Tan temprano?

—Pues sí, *dottore*. Anoche le dijeron que se fuera una semana a Palermo y entonces él me llamó para adelantar la cita a las siete de esta mañana.

—¿Qué te ha dicho?

—Pues una cosa muy rara. Que recibieron una indicación que después resultó una pista falsa.

—¿O sea?

—Que hace un par de meses les llegó una carta anónima.

—¡Menuda novedad!

—Pero ésa parecía distinta, podía contener un fondo de verdad.

—¿Qué decía?

—Que don Balduccio Sinagra había mandado asesinar a alguien.

—¿Don Balduccio? Pero ¡si don Balduccio tiene más de noventa años! ¿No se había retirado de los asuntos de la mafia?

—*Dottore*, no sé qué decirle, es lo que ponía en la carta. Explicaba que en aquel caso en particular había intervenido don Balduccio porque se sentía personalmente ofendido.

—Comprendo. ¿Y quién lo había ofendido, la persona que él mandó asesinar?

—La carta no indicaba el nombre. Pero decía que se trataba de un correo que, en lugar de entregar la mercancía, la había vendido por su cuenta por asuntos propios.

—¿Y después?

—Los de Antimafia entraron inmediatamente en acción. Si conseguían una mínima prueba, el caso podía ser muy gordo. No quisieron recurrir a los compañeros de Narcóticos, tal como suele ocurrir en estos casos. De haberlo hecho, habrían ahorrado tiempo.

—¿Por qué?

—Después de cuatro días de convulsas investigaciones, el *dottor* Musante se tropezó casualmente con el *dottor* Ballerini, de Antidroga, y éste, hablando hablando, le dijo que don Balduccio Sinagra estaba ingresado en coma en una clínica de Palermo. Entonces comprendieron que don Balduccio no podía haber dado la orden de matar a nadie. Además, no encontraron nada de nada, ni siquiera el cuerpo del correo.

—¿Y a qué conclusión llegaron?

—A la de que alguien les había dado por culo, *dottore*.

—O que alguien había querido hacerle la puñeta a don Balduccio sin saber que estaba en coma.

—... y por consiguiente y en resumen, su marido jamás embarcó en el *Ruy Barbosa*.

La señora Dolores se quedó quieta como una estatua.

Se encontraba ante Montalbano y Fazio, ambos sentados en dos butacas del salón, y estaba a punto de servir el café. Se quedó con el brazo izquierdo en suspenso en el aire —a lo mejor quería apartarse el cabello del rostro—, y el brazo derecho inclinado hacia abajo.

Durante un segundo, el comisario tuvo la impresión de encontrarse delante de una muñeca de azúcar, de esas que parecen una bailarina, casi siempre bailarinas españolas. Hasta el perfume de canela, que de pronto se intensificó, acentuó aquella impresión. Sintió unas ganas terribles de sacar la lengua y lamerle el cuello para saborear su piel, que seguramente sería dulce.

Después la señora cobró vida nuevamente. No dijo nada, pero reanudó los movimientos que había empezado. Se apartó el cabello de los ojos, se inclinó para verter con mano firme el café en las dos tacitas y se sentó en el sofá.

Montalbano la miraba: no había perdido el color, no mostraba ni sorpresa ni nerviosismo, sólo una arruga recta y profunda que le cruzaba horizontalmente la frente. Para hablar, esperó a que ambos se terminaran el café.

—No es una broma, ¿verdad?

Ningún tono dramático, ninguna voz quebrada por un llanto inminente: sólo una pregunta clara y sencilla.

—Por desgracia, no —contestó Montalbano.

—¿Qué cree que puede haberle pasado? —preguntó ella con el mismo tono, como si hablara de alguien con quien no guardara la menor relación.

Dolores era una mujer hecha de mármol o acero, ¡y un cuerno una muñeca de azúcar! Pero una mujer contradictoria: capaz de dominarse tal como estaba haciendo ahora, o bien de ceder a gestos pasionales como el de arañarle los brazos al comisario.

—Mire, la hipótesis más razonable es que se trata de una desaparición voluntaria.

—¿Por qué?

—Porque el señor Camera me ha dicho que su marido, unos días después del fallido embarque, le mandó una nota para informarle que había encontrado un trabajo mejor.

—Podría ser falsa, como la postal que yo recibí el otro día —replicó Dolores.

Inteligente, había que reconocerlo, con una cabeza que le funcionaba a pesar del golpe que acababa de recibir.

—Precisamente por eso quisiera ver esa nota, siempre y cuando Camera la haya conservado.

—¿Y por qué no lo hace?

—Para actuar, necesito de usted una denuncia formal de desaparición.

—De acuerdo, la haré. ¿Tengo que acudir a comisaría?

—No hace falta. Fazio recogerá aquí mismo su denuncia cuando yo me haya ido. Pero quisiera pedirle otra cosa.

—Yo también a usted.

—Pues entonces diga usted primero.

—Por favor, si tiene que hacerme otras preguntas, siéntese aquí a mi lado en el sofá. Yo no puedo...

Por una fracción de segundo, los ojos de Fazio y el comisario se cruzaron. Después Montalbano obedeció.

—¿Así está mejor?

—Sí, gracias.

—¿Tiene una fotografía reciente de su marido?

—Todas las que quiera. Algunas las hicimos pocos días antes de que él se fuera; yo lo acompañé a despedirse de un medio pariente suyo...

—Muy bien, después me las enseña. Elegiré una. Tengo que volver a hacerle una pregunta que ya le hice ayer y que sin duda le resultará desagradable, pero...

Dolores levantó una mano y luego la posó sobre la rodilla del comisario. Ardía y temblaba ligerísimamente. Era evidente que estaba empezando a comprender el verdadero significado de la triste noticia. Y le costaba más controlarse.

—De la carta que usted tuvo la amabilidad de permitirme leer se deducía claramente que la relación entre usted y su marido era, ¿cómo diría?, muy intensa, ¿no?

Fazio se inclinó de repente para mirar la libreta que sostenía sobre una pierna y en la cual fingía tomar notas.

—Sí, mucho —dijo Dolores.

—Bien. Durante la última visita de su marido... piénselo bien, señora... esa, digamos, intensidad ¿había disminuido un poquito? ¿Hubo un enfriamiento, por pequeño que fuera, que pudiese...? En resumen, ¿cambió algo con respecto a las otras veces que...?

Ella le apretó con fuerza la rodilla. Y el calor de su mano salió disparado como una flecha y subió por el muslo lo justo hasta alcanzar un punto crucial de la anatomía del comisario, que a duras penas consiguió dominar un sobresalto.

—Sí, cambió algo —contestó ella, con voz tan baja que Fazio se inclinó para oírla.

—Pero ayer usted me dijo lo contrario —señaló el comisario.

—Bueno... Giovanni sí había cambiado... aunque, por otra parte, ésa no es la palabra adecuada, no en el sentido que usted piensa...

—Pues entonces, ¿cómo? —Pero ¿por qué no le quitaba aquella bendita mano de la rodilla?

—Pues mire, se había vuelto como... como un muerto de hambre. Nunca tenía bastante. Dos o tres veces, cuando acabábamos de comer, ni siquiera me daba tiempo de llegar al dormitorio... Y me pedía que hiciera cosas que antes no...

Como si se hubiera vuelto repentinamente miope, Fazio se acercó la libreta a los ojos para ocultar el rubor de su rostro. En cambio, la palma de la mano de Dolores había empezado a sudar ante el recuerdo de las hazañas conyugales, y Montalbano percibió la humedad a través de los pantalones.

—Quizá si le cuento un detalle podrá comprender mejor hasta qué extremo...

—¡No! ¡Nada de detalles! —casi gritó Montalbano, levantándose de golpe.

Ya no podía más; aquella mano le estaba haciendo perder el juicio.

Ella lo miró perpleja. ¿Sería posible que no advirtiera el efecto de sus palabras y su contacto en un hombre?

—Muy bien, señora, demos por cerrado este capítulo. ¿Su marido tenía enemigos?

—Comisario, de la vida que llevaba mi marido yo he conocido sólo aquello de lo que él me hablaba o escribía. Jamás me insinuó la existencia de enemigos. Algunas veces me comentaba discusiones con otros oficiales o con hombres de la tripulación, pero eran cosas sin importancia.

—¿Y aquí en Vigàta?

—A estas alturas, Giovanni tenía muy pocos amigos en Vigàta. Cuando era muy joven se fue con sus padres a Colombia, allí estudió, y después, al morir su padre, contó con la ayuda de un familiar en Vigàta hasta que consiguió su primer embarque. Ha vivido más en el extranjero que aquí.

—¿Conoce los nombres y direcciones de sus amigos?

—Por supuesto.

—Déselos a Fazio. Cuando murió el padre de Giovanni, ¿ustedes dos ya se conocían?

Ella sonrió al recordarlo, pero apenas.

—Sí, desde hacía tres meses. Él había acudido al consultorio de papá y...

—Bueno, bueno. ¿Cuándo tendría que haber embarcado su marido?

—El cuatro de septiembre.

—¿Desde dónde?

—Gioia Tauro.

—¿Cuándo se fue de aquí?

—El día tres por la mañana, a primera hora.

—¿Cómo?

—En coche.

—Un momento. Eso significa que la noche del tres estaba en Gioia Tauro. Habrá que ver en qué hotel se hospedó. Y qué hizo.

—Comisario, mire que las cosas ocurrieron de otra manera. La mañana del tres yo también salí con él. Cogimos mi coche, llegamos por la tarde y fuimos directamente a su apartamento.

—¿Su apartamento?

—Sí, hacía dos años que había alquilado una vivienda independiente, con servicios.

—¿Por qué?

—Mire, a menudo Giovanni no tenía tiempo de venir aquí, pues permanecía en puerto sólo dos o tres días... Entonces me avisaba y yo ya estaba esperándolo allí cuando él desembarcaba.

—Comprendo. Aquella noche del tres, ¿qué hicieron ustedes?

—Cenamos y...

—¿Fuera? ¿Cenaron en un restaurante?

—No, en casa. Habíamos comprado comida. Y después nos fuimos a la cama temprano. Esta vez se trataba de una larga travesía.

Mejor pasar por alto los detalles nocturnos. ¿Sería posible que, después de varios años de matrimonio, esos dos no hicieran más que pensar en practicar aquello? A lo mejor era un rasgo de los colombianos.

—¿Recibió llamadas telefónicas?

—Allí no hay teléfono. Pero no lo llamaron ni siquiera al móvil.

—¿Y a la mañana siguiente?

—Giovanni se fue a las ocho. Yo volví a arreglar la habitación y me fui enseguida. E hice mal.

—¿Por qué?

—Porque no me di cuenta de lo cansada que estaba. Por la noche no había pegado ojo prácticamente, y por eso desperté al chocar contra el cartel indicador de la salida de Lido di Palmi. Dos señores que circulaban detrás de mí me ayudaron; me dijeron que me había ido directa contra la mediana sin pisar el freno. Evidentemente, me había quedado dormida.

—¿Se hizo daño?

—No. Fui a un motel de allí cerca mientras me arreglaban el coche. Esperaban poder entregármelo por la tarde, pero no fue posible. Dormí en aquel motel y me fui al día siguiente.

—Dígame, señora, ¿volvió usted después a Gioia Tauro?

Ella lo miró sorprendida.

—No. ¿Para qué habría vuelto?

—O sea, que la habitación tendría que estar todavía tal como usted la dejó la mañana del cuatro de septiembre.

—Pues claro.

—¿Tiene las llaves?

—Naturalmente.

—¿Y su marido tiene un duplicado?

—Claro.

—¿Hay alguna mujer de la limpieza que...?

—No. Yo lo dejo siempre todo arreglado. Y cuando vuelvo, me encargo de que Giovanni lo encuentre todo limpio.

—Dígame la dirección.

—Via Gerace, quince. En la planta baja. Se entra por la parte de atrás, hay una pequeña verja.

—Después dele las llaves del apartamento a Fazio.

—¿Por qué?

—Señora, no sabemos ni cómo ni por qué ha desaparecido su marido. Si lo hizo voluntariamente, es probable que, después de que usted se fuera a Vigàta, regresara a la vivienda.

E incluso si lo obligaron a desaparecer, puede que alguien que lo conozca lo retuviera allí durante algún tiempo contra su voluntad.

—Comprendo.

—Bueno, de momento no tengo nada más.

—¿No quiere elegir la fotografía de Giovanni?

—Ah, sí, es verdad.

—Acompáñeme al dormitorio; allí tengo las fotos.

Al oír que la mujer pronunciaba «dormitorio», Fazio, llevado por el comisario a aquel encuentro en calidad de perro guardián, se levantó de un brinco.

—¡Yo voy también! —exclamó, exactamente igual que en la canción de Jannacci.

—No, tú no —dijo Montalbano.

Fazio se sentó preocupado.

—Si hace falta, llame —murmuró.

—¿Si hace falta para qué? —preguntó Dolores, sorprendida.

—Bueno, en caso de que haya muchas fotos y... —intentó arreglarlo el comisario.

En el dormitorio, el perfume de canela era tan fuerte que provocaba tos.

La cama era una de las más grandes que Montalbano había visto en su vida. Parecía un patio de armas; allí se podían hacer evoluciones, paradas y desfiles. A los pies de la cama había un televisor enorme y decenas de videocasetes. Encima del televisor había una cámara digital.

Montalbano tuvo la certeza de que Dolores y su marido se grababan durante algún ejercicio en el patio de armas y después visionaban la escena para perfeccionarla.

11

Entretanto, Dolores había abierto el último cajón de la cómoda de siete cajones y sacado un sobre de fotografías que extendió encima de la cama.

—Éstas son las últimas, las que hicimos en casa de aquel medio pariente de Giovanni. Elija las que quiera.

Montalbano tomó unas cuantas. Dolores, para mirarlas también, se situó a su lado, tan cerca que su cadera rozaba la del comisario.

Debía de ser un día de finales de agosto con una luz extraordinaria. Dos o tres instantáneas mostraban a Dolores en biquini. El comisario sintió que el punto de contacto entre su cuerpo y el de la mujer empezaba a calentarse. Se apartó un poco, pero ella volvió a acercarse. ¿Lo hacía a propósito o realmente necesitaba siempre contacto físico con un hombre?

—Aquí Giovanni sale francamente bien —comentó Dolores, cogiendo una fotografía.

Era un apuesto hombre de cuarenta y tantos años, alto, moreno, ojos inteligentes, risa franca.

—Sí, me llevo ésta —aprobó el comisario—. Recuerde darle a Fazio los datos de su marido, cuándo nació, dónde...

—De acuerdo.

—Y esta casa tan bonita, ¿de quién es? —preguntó Montalbano, señalando una fotografía en la que se veía a Dolores, Giovanni y otras personas en una gran terraza llena de plantas.

Sabía muy bien de quién era la casa, pero quería oírselo decir a ella.

—Ah, es del medio pariente de mi marido. Se llama Balduccio Sinagra.

En efecto, en la fotografía también figuraba don Balduccio. Sentado en una tumbona.

Sonreía. Pero Dolores pronunció aquel nombre casi con indiferencia.

—¿Ya tiene bastante?

—Sí.

—¿Me ayuda a volver a colocarlo todo en su sitio?

—Claro.

Dolores tomó el sobre y lo mantuvo abierto. Montalbano introdujo un primer fajo de fotografías. Acababa de meter el segundo y último cuando ella se inclinó ligeramente hacia delante, le asió la mano derecha y le rozó el dorso con los labios. El comisario dio un respingo hacia atrás, pero Dolores logró mantener los labios pegados a su mano. De pronto, Montalbano se sintió privado de todas sus fuerzas, de cualquier posibilidad de resistencia. ¿A cuántos grados había subido la temperatura en la habitación?

Por suerte, Dolores levantó la cabeza y lo miró a los ojos. Uno habría podido ahogarse en ellos.

—Ayúdame. Sin él yo no... Ayúdame.

Montalbano liberó la mano, le dio la espalda a Dolores y se dirigió al salón, hablando quizá demasiado alto.

—Tú, Fazio, recoge la denuncia, que la señora te dé la lista de los amigos, la dirección de Gioia Tauro y las llaves.

Pero Fazio no contestó: estaba contemplando fascinado la huella que el carmín de Dolores había dejado en la mano del comisario. Los estigmas de san Salvo, por supuesto que no virgen pero seguramente mártir. Montalbano los hizo desaparecer frotándolos con la otra mano.

Volvió Dolores.

—Me despido, señora. Creo que tendremos que vernos de nuevo.

—Lo acompaño.

—Por favor, no se moleste —replicó él, dándose a la fuga.

—¿Macannuco? Soy Montalbano.

—¡Montalbano! ¡Me alegro de oírte! ¿Cómo estás?

—No del todo mal. ¿Y tú?

—¿Recuerdas la tonadilla que cantábamos en el curso? «Tanto si estoy bien como si no, en el culo le daré yo.» La situación no ha cambiado.

—Oye, Macannuco, necesito un gran favor.

—Para ti, éste y otro.

El comisario le explicó lo que necesitaba. Macannuco era el responsable de la comisaría ubicada en el puerto de Gioia Tauro.

—A ver si lo entiendo, Montalbà. ¿Me estás pidiendo que derribe la puerta de un apartamento de via Gerace, quince, que fotografíe el piso y te envíe hoy mismo las fotos vía Internet?

—Exactamente.

—¿Sin ninguna orden?

—Exactamente.

Fazio se presentó al cabo de menos de media hora.

—¡Virgen santa, qué mujer!

—¿Te ha dado todo?

—Sí, señor. Los amigos del marido son sólo tres.

—Oye, cuéntame mejor la historia de Balduccio y de aquellos Alfano que envió a Colombia.

—*Dottore*, ¿ha observado que la señora habla siempre de un medio pariente y jamás pronuncia el nombre de Balduccio Sinagra?

—Pues sí lo ha hecho, cuando hemos ido al dormitorio a elegir la foto. Y lo ha hecho con absoluta indiferencia, como si no supiera quién es Balduccio. ¿Te parece posible que no lo sepa?

—No. O sea, un día de hace veintitantos años, don Balduccio envía a Colombia a un primo segundo, Filippo Alfano, para mantener el contacto con los grandes productores de droga. Filippo Alfano se lleva consigo a la familia, formada por su mujer y su hijo Giovanni, que entonces tiene quince años. Al cabo de un tiempo Filippo Alfano muere de un disparo.

—¿Que le pegan los de Colombia?

—Uno de Colombia con toda seguridad. Pero también se cuenta otra historia. Cosas que se dicen, comisario, que conste.

—Comprendo, continúa.

—Se cuenta que quien mandó matarlo fue el propio don Balduccio.

—¿Y eso por qué?

—Bueno, se han dicho muchas cosas. La explicación más aceptada es que Filippo Alfano se aprovechó, amplió el radio de sus actividades, empezó a pensar más en sus propios negocios que en los de don Balduccio a fin de poder sustituirlo.

—Y Balduccio lo impidió. Pero siguió ocupándose de la viuda y el hijo, según lo que nos ha contado la señora Dolores.

—Y eso encaja; forma parte de la mentalidad de don Balduccio.

—¿El hijo, Giovanni, siempre ha marchado por el buen camino?

—*Dottore*, ¡a ése siempre lo han estado vigilando los servicios antidroga de por lo menos dos continentes! ¡Con el oficio que tiene! Y nunca se ha descubierto nada en su contra.

—Oye, toma esta fotografía de Giovanni Alfano y haz unas diez copias. Pueden ser útiles. Después, para mañana por la mañana, me convocas a los tres amigos con una hora de diferencia cada uno. Ah, y otra cosa: quiero saber exactamente qué día fue ingresado en la clínica Balduccio Sinagra.

—¿Interesa?

—Sí y no. Me refiero a ese anónimo que decía que Balduccio había ordenado matar a un correo. Si no me equivoco, Ballerini le dijo a Musante que Balduccio estaba ingresado en coma en Palermo, y, por consiguiente, Musante se convenció de que Balduccio no tenía nada que ver.

—No se equivoca.

—Sólo que la señora Dolores me ha mostrado una fotografía de Balduccio en la que éste estaba muy bien. Me las he ingeniado para ver la fecha que había en el reverso: veintiocho de agosto. O sea, que Balduccio pudo tener perfectamente tiempo de dar la orden de matar a quien le diera la gana antes de que lo ingresaran. ¿Cuadra?

—Cuadra.

Acababa de terminar de comer según todos los mandamientos y se estaba levantando de la mesa cuando Enzo se le acercó.

—*Dottore*, ¿dónde va a pasar la Navidad y el Año Nuevo?

—¿Por qué lo preguntas?

—Quería advertirle que, si por casualidad se queda en Vigàta, la *trattoria* estará cerrada la noche del último día del año. Pero si usía quiere venir a pasar la velada en mi casa, me hará un honor y será un placer.

¡Ya estaba a punto de empezar el latazo de las fiestas! Que él sinceramente no soportaba, no por las fiestas en sí, sino por lo mucho que le tocaba los cojones el ritual de las felicitaciones, los regalos, las comidas, las cenas, las invitaciones y las devoluciones de invitaciones. Y después las tarjetas de felicitación con la esperanza de que el año nuevo fuera mejor que el anterior, vana esperanza, porque cada año nuevo resultaba al final un poco peor que el precedente.

En resumen, la pregunta de Enzo tuvo la bonita consecuencia de bloquearle la digestión, como si acabara de experimentar un acceso de frío. A pesar de que se dio el consabido paseo hasta el faro, nada; se quedó con la tripa pensativa.

Por si fuera poco, le acudieron a la mente las siguientes e inevitables discusiones con Livia —ven tú a Boccadasse; no, ven tú a Vigàta—, hasta el agotamiento o la pelea.

—¡Ah, *dottori, dottori*! ¡El *siñor* Giacchetta *tilifonió*! Pero dice que no tiene importancia la cosa y que por eso no es urgente y que *después* lo vuelve a llamar.

Fabio Giacchetti, el director de banco, el neopapá. ¿Qué tenía que contarle?

—Cuando dé señales de vida, me lo pasas.

—Ah, *dottori*, por poco se *mi* olvida. *Tilifonió* Fazio que dice que *li* diga que sabe cuándo lo ingresan en la clínica.

—¡¿A Fazio lo ingresan?! —se alarmó Montalbano.

—No, *dottori*, no si preocupe, sólo de verbo me equivoqué. Lo pruebo otra vez, pero tenga un poquito de paciencia. Pues Fazio *mi* dijo que *li* dijera a usía que ha sabido cuándo a él, que no es él, Fazio, lo ingresaron en la clínica.

Al final lo comprendió: Fazio se había enterado de la fecha del ingreso de Balduccio Sinagra en la clínica.

—¿Y cuándo fue?

—*Dottori*, dice que fue el tres de septiembre.

Confirmado. O sea, que don Balduccio había tenido todo el tiempo del mundo para dar todas las órdenes de todos los asesinatos que quisiera. Pero ¿por qué los de Antimafia no habían hecho el mismo razonamiento que él?

¿Por qué habían dado por buena la información de los de Antidroga? ¿Por qué se habían convencido de que la carta anónima no decía la verdad? ¿O quizá habían llevado a cabo las investigaciones pero no querían difundirlas?

—¿Montalbano? Soy Macannuco.

—Hola. Dime. ¿Lo has hecho?

—Sí.

—¿Y qué?

—Primero tengo que preguntarte una cosa.

Por la voz parecía enojado. Igual se le había torcido algo. O había tenido problemas con algún superior.

—Adelante, pregunta.

—¿Puedes mandarme, en el plazo de una hora, una copia de la orden de registro?

—¿En una hora? Lo intentaré.

—Hazlo enseguida, te lo ruego.

—¿Necesitas cubrirte las espaldas?

—Sí. No puedo decirle al ministerio público de aquí, que es muy formalista, que he entrado de manera ilegal en el apartamento de via Gerace.

—Pero ¿por qué tienes que decírselo?

—Porque sí.

Quizá lo había visto alguien mientras derribaba la puerta. ¡Habría tenido gracia que lo detuvieran los carabineros!

—¿Has ido tú personalmente?

—Pues claro. Sin una orden, a la fuerza tenía que asumir yo la responsabilidad. Mándame la orden y te diré por qué tengo que informar de todo al ministerio público.

—De acuerdo, pero, entretanto, ¿has hecho las fotos? ¿Puedes enviármelas?

—Las fotos son cuatro y las recibirás de un momento a otro. Hasta pronto.

Cuando Fazio se presentó, Montalbano ya había hablado con el ministerio público Tommaseo, le había comentado la desaparición de Alfano, había conseguido la orden de registro y ordenado enviarla por fax a Macannuco.

Fazio parecía desconcertado.

—¿Qué hay? —le preguntó Montalbano.

—*Dottore*, hay que ahora hay.

—¿Puedes hablar claro?

—He puesto los datos de Giovanni Alfano, los que le he pedido a la señora, entre los de las personas desaparecidas. ¿Recuerda que le dije que no había nadie con los datos del fiambre encontrado en el *critaru*?

—Pues sí lo recuerdo.

—Bueno, pues ahora hay uno, y sus datos corresponden a la perfección con los de Alfano. En todo: edad, estatura, probable peso.

Esta vez el que se desconcertó fue Montalbano.

Y mientras se miraban el uno al otro, se abrió la puerta con un golpetazo que sonó como una bomba. Montalbano y Fazio soltaron un juramento al unísono. Catarella se quedó pensativo en el umbral.

—Bueno, ¿por qué no entras?

—*Dottori*, estaba pensando que quizá *mi* convenga llamar con el pie, porque la mano se *mi* escapa siempre.

—No; a ti te conviene usar el sistema que yo te digo: cuando estés delante de la puerta, en vez de llamar con la mano, saca el revólver y dispara al aire. Seguramente harás menos ruido. ¿Qué ocurre?

Catarella se acercó al escritorio y depositó cuatro fotografías encima de él.

—Ahora mismo las acaban de enviar de Tauro Gioiosa, y yo las he imprimido.

Se retiró.

—Mire, *dottore*, que Catarè la próxima vez se pone a disparar tal como le ha dicho usted —dijo Fazio preocupado—. Y arma la de Dios es Cristo.

—No pienses en eso. Ven tú también a mirar estas fotos.

Fazio se situó a su lado.

La primera fotografía reproducía el dormitorio, y se había tomado de tal manera que se viera entero. A la derecha había una puerta abierta, la del cuarto de baño. Una cama casi tan grande como la que tenían los Alfano en Vigàta, un armario, una cómoda de siete cajones, dos sillas. Todo en perfecto

134

orden, sólo que encima de la cama había unos pantalones arrojados de cualquier manera.

La segunda mostraba una especie de sala de estar con un rincón de cocina provisto de su correspondiente campana. Había una pequeña mesa con cuatro sillas, dos sillones, un televisor, un aparador, un frigorífico. Al lado del fregadero se veían una botella de vino sin tapón, una lata de cerveza y dos vasos.

La tercera mostraba el baño. Pero el encuadre se había hecho de tal manera que aislara el lavabo, la taza del váter y el bidet. Era evidente que allí, después de haber hecho sus necesidades, alguien había olvidado tirar de la cadena, y la taza estaba llena de mierda.

La cuarta era una ampliación de los pantalones encima de la cama.

—Pero ¿la señora no decía que había dejado el apartamento arreglado? —preguntó Fazio.

—Ya. Eso significa que alguien entró allí después de que ella se fuera.

—¿El marido?

—Podría ser.

—Seguramente en compañía de alguien. Hay dos vasos.

—Ya.

—¿Usted qué piensa, *dottore*?

—Ahora mismo no quiero pensar en nada.

—¿Qué hacemos?

—Enseñarle estas fotos a la señora Dolores inmediatamente. Llámala ahora mismo y pregúntale si viene ella o vamos nosotros.

Dolores los hizo pasar al salón tras recibirlos sin siquiera una sonrisa. Era obvio que estaba nerviosa, y sobre todo que sentía curiosidad por saber qué tenían que decirle. No les preguntó si les apetecía un café o alguna otra cosa. Montalbano se lo jugó a pares y nones. ¿Abordar enseguida el tema o mantenerla en vilo, dado que lo que tenía que decirle no sería ciertamente de su agrado? Mejor no perder el tiempo.

—Señora —empezó—, me parece recordar que esta mañana me ha dicho que es su costumbre, cuando se va de Gioia Tauro, dejarlo todo en orden en el apartamento de via Gerace. ¿Es así?

—Sí.

—Y que no tiene una mujer de la limpieza.

—La limpieza la hago yo sola.

—Por consiguiente, cuando usted se va de Gioia Tauro y cierra la casa, no entra nadie más. ¿Es así?

—Me parece lógico, ¿no?

—Otra cosa, señora. Según usted, ¿su marido podría haber prestado el apartamento a algún amigo que lo necesitara? ¿Quizá a algún compañero de paso para una breve estancia?

—¿En su ausencia?

—Sí.

—Lo descarto absolutamente.

—¿Por qué?

—Porque Giovanni es muy celoso. De mí, de sus cosas, de todo lo que le pertenece. Imagínese si va a dejar su apartamento a...

Se calló al ver que Montalbano le hacía señas a Fazio y que éste le entregaba un sobre.

El comisario sacó sólo tres fotografías y las dejó encima de la mesita. La primera era la del dormitorio, que la señora reconoció inmediatamente.

—Pero esto es... ¿Puedo?

—Faltaría más.

Dolores cogió la fotografía y la estudió en silencio, pero de la boca entreabierta le brotó una especie de leve y prolongado lamento. Después, sin soltar la fotografía, cerró los ojos y se apoyó en el respaldo. Se pasó un buen rato así, con el pecho que le subía y bajaba a causa de una afanosa respiración, esperando a que se le pasara el efecto de lo que acababa de ver. A continuación lanzó un profundo suspiro, abrió los ojos, se inclinó de golpe y cogió las otras dos fotos. No necesitó estudiarlas; luego las arrojó sobre la mesita.

Debía de haber palidecido, porque su piel, que era morena por naturaleza, se había vuelto grisácea.

—Alguien... alguien entró después de que... No es posible... yo lo dejé todo ordenado.

Entonces Montalbano sacó del sobre la cuarta fotografía, la de la ampliación de los pantalones, y se la entregó a la señora.

—Ya sé que la mía es una pregunta difícil, pero ¿sería capaz de decirme si estos pantalones son de su marido?

Ella la miró un buen rato. Después volvió a recostarse y cerró los ojos. Pero esta vez del ojo izquierdo le cayó una lágrima. Una sola, tan redonda como una perla. Pero aquella única lágrima fue más trágica, más desesperada, que una cascada de lágrimas. Y después Dolores consiguió decir a media voz:

—Son los que llevaba puestos al salir de casa para ir a embarcarse.

—¿Está segura?

Sin contestar, la señora Dolores se levantó, se dirigió a una consola del salón, abrió un cajón, regresó con una lupa y cogió de nuevo la fotografía. Después le pasó la lupa y la fotografía al comisario. Había recuperado el dominio de sí misma.

—¿Ve? El pantalón lleva el cinturón puesto. Si se fija bien, la hebilla es una ancha placa de cobre con sus iniciales entrelazadas. G. y A. Se la mandó hacer en Argentina.

El comisario no consiguió descifrar las iniciales, pero había algo grabado en la placa.

—O sea, que es evidente que su marido esperó a que usted se fuera para regresar al apartamento. Y regresó en compañía de alguien.

—Pero ¿por qué? ¡¿Para hacer qué?!

—A lo mejor necesitaba cierto tiempo, esperaba que llegara una hora prefijada y no quería que lo vieran por ahí porque oficialmente ya se había embarcado. ¿Su marido bebía vino?

—Sí, pero la cerveza no le gustaba.

—Se ve que le gustaba a quien lo acompañaba. Según usted, ¿la cerveza y el vino ya estaban en casa?

—Sí. En el frigorífico también había cerveza porque a mí me gusta mucho.

—Como ve, el cuarto de baño lo dejaron sucio. ¿Su marido cuidaba mucho la limpieza, la higiene?

—Comisario, todos los que permanecen mucho tiempo embarcados siguen unas reglas de higiene muy rigurosas. Y mi marido era un maniático.

—O sea, que no fue él quien dejó el cuarto de baño en esas condiciones.

—Rotundamente no. Ni siquiera debió de darse cuenta de que la persona que estaba con él no había...

—¿Por qué se cambiaría de pantalones?

—No consigo entenderlo. A lo mejor se le habían manchado o roto.

—A juzgar por la fotografía, no lo parece.

—No sé qué decirle.

—¿Tenía ropa de muda?

—Claro. En dos grandes bolsas que se llevó esa mañana.

—¿Y en el armario no tenía mudas?

—No; se lo había llevado todo.

—O sea que, una vez de vuelta en via Gerace, su marido abrió una bolsa, sacó unos pantalones y se los puso en sustitución de los que llevaba.

—Eso parece.

12

Hasta ese momento la señora Dolores había conseguido conservar la calma, dominarse. Ahora se puso a temblar ligeramente. Su tez seguía teniendo un tono grisáceo.

—Perdonen, necesito ir al cuarto de baño.

Salió. Debió de dejar la puerta abierta, porque la oyeron vomitar.

—Fazio, ¿tienes el móvil? —preguntó el comisario levantándose.

—Sí, señor.

—Llama a Catarella, pídele el número de la comisaría de Gioia Tauro y pregunta por el comisario Macannuco. Después me lo pasas.

—Pero ¿usía adónde va?

—Al balcón a fumarme un cigarrillo.

Le había sobrevenido un cansancio que le pesaba como un quintal de hierro. De pronto lo había asaltado un pensamiento surgido como un relámpago mientras estudiaba la fotografía de los pantalones. ¡Qué reacción tan extraña!

En otros tiempos habría dicho algo que sonara enojado o falsamente gracioso. Ahora no; sólo cansancio, desesperanza.

Y mientras contemplaba el puerto desde el balcón —había un barco atracando, gaviotas que volaban bajo y embarcaciones pesqueras desarboladas—, al cansancio se añadió una melancolía que le formó un nudo en la garganta.

—Macannuco está al aparato —dijo Fazio, asomándose al ventanal y entregándole el móvil.

—Soy Montalbano. ¿Has recibido la orden?

—Sí, gracias.

—Quería preguntarte si los pantalones que había encima de la cama estaban sucios o rotos.

—En absoluto.

—¿Habéis sacado las huellas digitales?

—No.

—¿Cómo que no?

—Querido Salvo, alguien se ha encargado de eliminar la más mínima huella. Un trabajo perfecto, como Dios manda. Pero no pareces sorprendido. ¿Te lo esperabas?

—Sí.

—Veamos ahora si consigo sorprenderte con otra noticia. En el techo del cuarto de baño, justo encima del lavabo, hay una trampilla.

—En la foto que me has enviado no se ve.

—Porque no está enfocada hacia arriba. Bueno, cogí una escalera de mano y abrí la trampilla. Da a un pequeño hueco, donde había una maleta vacía y una caja de zapatos.

—Concreta si tengo que sorprenderme por la maleta o por la caja.

—Por la caja. También estaba vacía, pero en el fondo descubrí unos restos de polvo blanco que he mandado examinar.

—¿Cocaína?

—Tú lo has dicho. Por eso he tenido que advertir a mi ministerio público.

—Te comprendo. Gracias, Macannuco. Ya hablaremos.

Volvió a entrar. Fazio estaba sentado en el sillón y Dolores aún no había regresado del cuarto de baño.

—¿Qué le ha dicho Macannuco?

—Después te lo cuento.

La mujer volvió al salón. Se había aseado y cambiado de ropa, pero no había recuperado su vivacidad: parecía apagada en sus gestos, en su manera de andar, en su mirada. Se sentó con un suspiro.

—Discúlpenme, pero me siento muy cansada.

—Enseguida la dejamos, señora —dijo el comisario—. Pero me veo obligado a hacerle por lo menos una pregunta que quizá me ayude mucho en las investigaciones. Sé que en este momento es muy doloroso para usted recordar el pasado, pero, créame, no puedo evitarlo.

—Adelante.

—¿Cómo conoció a su marido?

La pregunta sorprendió a Fazio, que miró perplejo a Montalbano. En cambio, Dolores hizo una mueca, como si hubiera sentido la punzada de un dolor repentino.

—Acudió a la consulta de mi padre.

—¿En Bogotá?

—No; en el Putumayo.

Putumayo, el más importante centro de producción de droga de toda Colombia. Filippo Alfano se había situado en el lugar adecuado.

—La enfermera —prosiguió Dolores— se había ausentado por unos días y papá me rogó que la sustituyera.

—¿Su padre es médico?

—Era dentista.

—¿Y qué necesitaba Giovanni Alfano?

Ella sonrió al recordarlo.

—Se había caído de una moto. Papá tuvo que colocarle un puente.

¿Era necesario saber algo más? ¿Qué hay en la cestita? Requesón. Montalbano había llegado a la conclusión, hacía por lo menos media hora, de a quién pertenecía el cadáver del *critaru*. Pero ahora el cansancio le estaba provocando dolor de piernas. Se levantó del sillón con cierto esfuerzo. Fazio lo imitó.

—Se lo agradezco, señora. En cuanto tenga alguna novedad, me encargaré de comunicársela.

—Gracias —dijo Dolores.

Y no hizo ninguna escena. No lo arañó, no le retorció las manos, no lo agarró por las solapas de la chaqueta. Digna, comedida, sobria. Una mujer distinta. Por primera vez, el comisario experimentó una especie de admiración por ella.

—¡Una mujer con un par! —exclamó Fazio, admirado, en cuanto salieron a la calle—. Me esperaba una escena terrorífica, pero en cambio ha sabido comportarse que ni un hombre.

Montalbano no hizo comentarios al comentario, pero le preguntó:

—¿Tú sabías que, cuando hizo la autopsia al cadáver del *critaru*, el doctor Pasquano descubrió que el muerto se había tragado un puente?

Fazio, que se inclinaba para abrir la puerta del coche, se detuvo en seco y lo miró extrañado.

—¿Tragado un puente?

—Pues sí. Poco antes de que lo mataran, se le desprendió un puente y se lo tragó. Pero no tuvo tiempo de digerirlo.

Fazio aún estaba medio inclinado.

—Y te diré más: era un puente hecho por un dentista de Sudamérica. Y ahora dime: ¿qué hay en el cestito?

—Requesón —contestó maquinalmente Fazio, pero al punto se enderezó, porque el significado de las palabras de Montalbano acababa de llegarle al cerebro—. Pero entonces... entonces el muerto del *critaru*, según usted, sería...

—No según mi opinión, sino según Mateo, sería Giovanni Alfano —terminó Montalbano—. Por otra parte, tú mismo me has dicho antes que los datos de Alfano coinciden bastante con los del muerto del *critaru*.

—¡Coño! ¡Es verdad! Pero, perdone, ¿quién es ese Mateo?

—Después te lo digo.

—Pero ¿por qué lo mataron?

—¿Sabes qué me ha dicho Macannuco? Primero, que en el apartamento de via Gerace se borraron concienzudamente todas las huellas digitales.

—¿Profesionales?

—Eso parece. Segundo, que en una especie de altillo del cuarto de baño encontró una caja de zapatos vacía pero que seguramente contuvo cocaína.

—¡Coño!

—Exactamente. Y eso significa que, a pesar de la estrecha vigilancia a que estaba sometido, Alfano traficaba con droga. A lo mejor era un correo.

—Me parece imposible.

—Posible o imposible, las pruebas nos llevan a la conclusión de que los hechos son éstos. Así que resulta natural pensar que, siguiendo las huellas paternas, un buen día Giovanni Alfano empezó a no comportarse bien con su jefe.

—¿Don Balduccio?

—Eso parece. Y a los ojos de Balduccio la ofensa que le hace Giovanni Alfano es grave. Inadmisible. A Giovanni, pese a la traición de su padre, se le ha considerado siempre alguien de la familia, tanto que Balduccio no sólo no reniega de él sino que lo ayuda durante su estancia en Colombia. Por tanto, Giovanni es un traidor a su propia sangre. Tiene que morir. ¿Hasta aquí estás de acuerdo?

—Sí, señor. Siga.

—Entonces don Balduccio se inventa un plan genial. Lo deja ir a Gioia Tauro con Dolores para después mandar secuestrarlo y traerlo de nuevo a Vigàta, donde lo matan, descuartizan y meten en una bolsa. Y también ordena retrasar el hallazgo del cadáver, simulando que Alfano se ha embarcado. El plan se cumple sin falta, a pesar de que, entretanto, Balduccio ha ingresado en una clínica. Pero Dolores, a los dos meses del embarque de su marido, empieza a sospechar y viene a contarnos sus dudas.

—Pero ¿por qué toda esa comedia de trocearlo y enterrarlo en el *critaru*?

—¿Tú has leído alguna vez los Evangelios?

—Nunca, *dottore*.

—Muy mal. —Y le explicó toda la historia.

Al final, Fazio lo miró boquiabierto.

—Pero entonces, ¡es como si don Balduccio le hubiera puesto la firma!

—Exacto. Por eso todo coincide, ¿no te parece?

—Pues claro que me parece. ¿Y ahora qué hacemos?

—Vamos a tomarnos un poco de tiempo.

—¿Y con la señora Dolores?

—Es inútil decirle algo por ahora... Sólo le causaríamos dolor, y no puede servirnos de ayuda, ni siquiera podría identificar el cadáver, de lo mal que ha quedado.

—*Dottore*, estoy pensando que quien escribió la carta anónima a Antimafia lo sabía todo.

—Ya. Y a su debido tiempo le echaremos una bronca a Musante, pues desechó demasiado pronto aquella carta. Pero, antes de movernos, dame un día de tiempo para reflexionar.

—Como quiera usía, *dottore*. ¿Qué hace, va a la comisaría?

—Sí, voy a recoger mi coche y me marcho a Marinella.

Fazio aparcó y bajaron.

—*Dottore*, ¿puedo ir a su despacho? Querría hablar cinco minutos con usted —dijo Fazio, que no había abierto la boca durante todo el trayecto.

—Claro.

—¡Ah, *dottori*, *dottori*! —exclamó Catarella saliendo de su trastero—. Tengo una carta para usía que debo entregarle personalmente en persona.

Hablaba como un conspirador y miraba alrededor con expresión recelosa. Se sacó un sobre del bolsillo y se lo tendió al comisario.

—¿Quién te la ha dado?

—El *dottori* Augello. Dijo que tenía que entregársela de mano en mano en cuanto lo viera.

—Y él ¿dónde está?

—De momentáneo ha salido, pero dice que vuelve.

Montalbano se dirigió a su despacho seguido por Fazio.

—Siéntate mientras veo lo que quiere Mimì.

El sobre estaba abierto. Pocas líneas.

Querido Salvo:

Te recuerdo la promesa de comunicarme lo antes posible si me encargas o no el único caso importante que tenemos entre manos.

Mimì

Montalbano le pasó la nota a Fazio, el cual la leyó y se la devolvió sin decir palabra.

—¿Qué te parece?

—*Dottore*, yo ya le dije que no veía apropiado encomendarle una investigación así al *dottor* Augello. Pero aquí el que manda es usía.

Montalbano se guardó la nota en el bolsillo.

—¿Qué querías decirme?

—*Dottore*, ¿me explica sobre qué necesita reflexionar?

—No entiendo.

—*Dottore*, usted me ha dicho que quería reflexionar por lo menos un día sobre el caso de Giovanni Alfano.

—¿Y qué?

—¿Qué hay que reflexionar? ¡A mí me parece todo muy claro!

—¿Quieres decir que te parece claro que Balduccio ha mandado matar a Giovanni Alfano?

—¡Virgen santa, *dottore*, usted mismo lo ha dicho!

—Yo no he dicho que los datos que conocemos nos lleven inevitablemente a esa conclusión.

—¿Es que acaso puede haber otra conclusión?

—¿Y por qué no?

—Pero, sus dudas, ¿en qué las basa usía?

—Te pongo un ejemplo, ¿vale? ¿No crees que hay cierta contradicción en la forma de actuar de Balduccio?

—¿Cuál?

—¿Por qué Balduccio deja marchar a Giovanni Alfano tranquilamente a Gioia Tauro? La única respuesta posible es que no quiere que lo maten en Vigàta, donde nuestras investigaciones lo habrían implicado casi de inmediato, sino lejos de su territorio. Y así ocurre probablemente.

—¿Y dónde está la contradicción?

—En que mandara trasladar el cadáver aquí, es decir, a su territorio.

—Pero ¡es que no podía actuar de otra manera, *dottore*!

—¿Por qué?

—¡Porque tenía que dar ejemplo para que a otros posibles traidores de la familia se les pasaran las ganas de traicionarlo!

—Precisamente. Pero entonces, ¡daba igual matarlo aquí y sanseacabó!

Fazio se quedó un tanto perplejo.

—Y hay más —añadió Montalbano—. ¿Quieres saberlo?

—Sí, señor.

—Planteemos una hipótesis: Balduccio envía a Gioia Tauro a un profesional auténtico, uno que sabe su oficio y no comete errores.

—En efecto, ha borrado todas las huellas digitales.

—Ya. Pero en un altillo ha dejado un poco de cocaína en una caja de zapatos. ¿Se te antoja una bobada sin importancia? Para nosotros, la cocaína significa un nexo inmediato con Balduccio. En resumen, en ese apartamento, el supuesto profesional no hace lo único que tendría que haber hecho: quitar de en medio incluso la idea misma de que por allí haya pasado cocaína. ¿No te parece raro?

—Efectivamente...

—¿Quieres que le eche otra carga de profundidad?

—Adelante... —se resignó Fazio.

—¿Por qué dejar los pantalones, que seguramente son de Giovanni Alfano, según las iniciales del cinturón, a la vista encima de la cama? Unos pantalones que, entre otras cosas, Alfano no tenía motivos para cambiarse. Habría bastado con que se los llevaran y nosotros jamás nos habríamos enterado de que Alfano había vuelto a pasar por via Gerace. Así pues, entonces, ¿cuál es la finalidad de esos pantalones? ¿La de señalarnos que Alfano, por su propia voluntad u obligado, regresó a su apartamento? ¿A quién le resulta útil semejante dato? Si es un error, es un error muy grande, porque la señora Dolores observa inmediatamente que el apartamento no está tal como ella lo había dejado. ¡Hasta había mierda en la taza del váter! ¿Me explicas qué necesidad tenía el profesional de regresar al apartamento con Giovanni? ¿No habría sido mejor que se deshiciera de él mientras estaba yendo a embarcarse? La única explicación posible es que regresara al apartamento para eliminar las huellas de cualquier posible conexión con Balduccio. Pero ¡eso es precisamente lo que no hizo! Entonces, ¿por qué regresó con Alfano? Aquí hay algo que no me cuadra.

—Basta. Me rindo —dijo Fazio, y se levantó para marcharse.

—¿*Dottori?* Estaría el *siñor* Lambrusco.

—¿Y qué quiere?

—Dice que usía lo convocó para mañana por la mañana.

—Pues que venga mañana por la mañana.

—No tiene la posibilidad, *dottori*. Dice que él no puede mañana por la mañana porque mañana por la mañana se tiene que ir a Milán mañana por la mañana urgentísimamente.

—Bueno, pásamelo.

—No puedo pasárselo porque el tal Lambrusco está aquí personalmente en persona.

—Pues que entre.

Era un cuarentón de barba, bigote y gafas, menudo, muy compuesto de la cabeza a los pies.

—Soy Carlo Dambrusco. Perdone, pero como usted me había convocado para mañana por la mañana, y yo mañana tengo que...

—¿Para qué lo convoqué?

—Pues... me pareció comprender que... En resumen, soy amigo de Giovanni Alfano.

—Ah, sí. Siéntese.

—¿Qué le ha pasado a Giovanni?

—Tenía que embarcarse y no lo hizo.

—¡¿Que no lo hizo?!

—No. Su esposa ha presentado una denuncia.

Dambrusco pareció verdaderamente sorprendido.

—¿No se embarcó? —repitió.

—No.

—¿Y adónde se fue?

—Eso es lo que tratamos de averiguar.

—La última vez que nos vimos...

—¿Cuándo fue?

—Deje que lo piense... El uno de septiembre.

—Siga.

—Se despidió de mí porque al cabo de dos o tres días embarcaba... No me dio a entender ni mínimamente que no tuviera intención... Es muy riguroso con su trabajo.

—¿Había mucha confianza entre ustedes?

—Bueno... habíamos sido muy amigos de chavales, antes de que él se fuera a Colombia. Después volvimos a encontrarnos, pero era distinto, amigos sí, pero no con aquella intimidad que...

—Comprendo. Pero ¿le hacía confidencias?

—¿En qué sentido?

—En el sentido en que uno puede confiarse a un amigo. Por ejemplo, ¿le hablaba de su relación con su esposa? ¿Le decía si, en su vida de marino, conocía a otras mujeres?

Dambrusco lo negó enérgicamente, sacudiendo varias veces la cabeza.

—No creo. Giovanni es una persona seria, no es hombre de aventuras fáciles. Además, está enamorado de Dolores; me ha confesado que la echa mucho de menos cuando está embarcado.

—¿Y Dolores?

—No entiendo.

—¿Dolores echa mucho de menos a su marido cuando está embarcado?

Carlo Dambrusco lo pensó un momento.

—Sinceramente, no sé qué contestarle. Todas las veces que he visto a Dolores ha sido junto con Giovanni; nunca he tenido ocasión de hablar con ella en su ausencia.

—De acuerdo, pero el sentido de mi pregunta era otro.

—Sí, lo he entendido. Jamás he oído comentarios maliciosos acerca del comportamiento de Dolores.

—Una última pregunta. A nosotros nos consta que, cuando estaba en Vigàta, Giovanni se veía sólo con tres amigos, uno de los cuales es usted. Mañana por la mañana hablaré con los otros dos. ¿Con quién tenía más confianza?

Dambrusco no titubeó.

—Con Michele Tripodi. Que está aquí fuera.

—¿Cómo fuera?

—Sí, me ha traído en su coche. Yo tengo que ir mañana a Milán con el mío, que está en el mecánico.

—¿Me hace un favor? Pregúntele si puede venir ahora a mi despacho en lugar de mañana por la mañana. Será cuestión de cinco minutos.

—Pues claro.

13

Michele Tripodi también era un cuarentón, pero, a diferencia de Dambrusco, bajito y delgado, él era un tipo alto, atlético y simpático, un pedazo de hombre.

—Carlo me ha dicho que Giovanni ha desaparecido. ¿Es cierto? ¿Lo sabe Dolores?

—Es precisamente la señora quien ha dado la voz de alarma.

—Pero ¿cuándo dicen que desapareció? Cuando Dolores volvió de Gioia Tauro, me dijo que Giovanni había embarcado con toda normalidad.

—Eso le hizo creer Giovanni, o fue obligado a hacérselo creer.

El rostro de Michele Tripodi se ensombreció.

—No me gusta.

—¿Qué es lo que no le gusta?

—La frase que usted acaba de pronunciar. Giovanni no engaña a Dolores y tampoco tiene motivos para hacerle creer una cosa por otra.

—¿Está seguro?

—¿De qué?

—De ambas cosas.

—Mire, comisario, Giovanni está tan atrapado por Dolores, tan físicamente atrapado que, según me confesó una vez, no está seguro de poder hacerlo con otra mujer.

—¿Tenía enemigos?

—No sé si en sus largos períodos de navegación... Creo que en todo caso me habría hablado de ello.

—Oiga, el tema es delicado, pero tengo que planteárselo. Si han secuestrado a Giovanni, ¿podría tratarse de una venganza transversal?

Tripodi lo cazó al vuelo.

—¿Se refiere a una venganza contra los Sinagra?

—Ajá.

—Verá, comisario, Giovanni tenía una deuda de gratitud con don Balduccio, quien lo ayudó a la muerte de su padre... Pero Giovanni es un hombre honrado, no tiene nada que ver con los negocios de los Sinagra. Y se avergonzaba de lo que hacía su padre en Colombia... Claro, cada vez que viene a Vigàta, va a ver a don Balduccio, eso sí, pero no mantiene unas relaciones tan estrechas como...

—Ya entiendo. Que usted sepa, ¿Giovanni ha tomado alguna vez cocaína?

Tripodi se echó a reír.

—Pero ¡qué dice! ¡Giovanni odia las drogas de cualquier tipo! Ni siquiera fuma. Le ha quitado el vicio del tabaco incluso a Dolores. ¿Recuerda la razón por la que mataron a su padre? Pues bien, aquel hecho marcó la vida y el comportamiento de Giovanni.

—Perdone, tengo otra pregunta delicada que hacerle. Se refiere a la señora Dolores. Por el pueblo circulan rumores contradictorios sobre ella.

—Comisario, Dolores es una mujer muy guapa que está obligada a permanecer demasiado tiempo sola. A lo mejor tiene el defecto de ser demasiado impulsiva, y eso puede dar lugar a algún equívoco.

—Dígame uno.

—¿De qué?

—Dígame uno de esos equívocos.

—Pues no sé... Cuando ella llevaba un año en Vigàta, un chaval, un chico de dieciocho años de buena familia, comenzó a darle serenatas, tal como se lo cuento. Después empezó a acosarla telefónicamente y una vez trató de colarse en su apartamento. Dolores tuvo que llamar a los carabineros.

—¿Y sólo chicos de dieciocho años? ¿Ningún adulto?

—Bueno, hace un par de años hubo una cosa más seria: un carnicero que perdió la cabeza por ella. Hacía cosas ridículas, le enviaba un ramo de rosas todos los días. Después tuvo que trasladarse a Catania, y por suerte allí terminó la persecución de la pobre Dolores.

Montalbano rompió a reír.

—Ah, sí, me han hablado de esa historia del carnicero enamorado... Se llamaba Pecorella, me parece.

—No, Pecorini —lo corrigió Tripodi.

¿Era importante haberse enterado de que el carnicero que le había alquilado a Mimì el chaletito para sus encuentros amorosos se había enamorado dos años atrás de la señora Dolores? A primera vista no lo parecía. Pero le rondaba una pregunta desde que Tripodi le había contado la historia del carnicero. Tripodi decía que Dolores había acudido a los carabineros por el chaval que la molestaba, pero no mencionó cómo se había comportado con lo de Pecorini. Seguro que esa vez no se había dirigido al Arma de Carabineros. Sin embargo, el carnicero se había alejado trasladándose a Catania. Y aquí estaba la pregunta: ¿por qué se había ido de Vigàta de un día para otro a pesar de estar tan enamorado de Dolores? ¿Qué podía haberle ocurrido?

—¡Fazio! ¡Ven corriendo, Fazio!

—¿Qué hay, *dottore*?

—¿Te acuerdas de Pecorini?

—¿El carnicero? Sí, señor.

—Quiero saber, lo más tarde mañana por la mañana, por qué hace dos años abandonó Vigàta y se fue a Catania a abrir una carnicería.

—Muy bien, *dottore*. Pero ¿qué ha hecho ese Pecorini? ¿Acaso ha vendido carne de vaca loca?

Ya era tarde y le había entrado apetito. Se levantó, y entonces al teléfono se le ocurrió sonar. Dudaba si contestar o no, pero ganó el gran coñazo del deber.

—¡*Dottori*, ah, *dottori*! Parece que está aquí el *siñor* Giacchetta.

Recordó que Giacchetti ya lo había llamado antes.

—Acompáñalo aquí.

—No puedo, *dottori*, dado que *istá* al *tilífono*.

—Pues pásamelo.

—¿Comisario Montalbano? Soy Fabio Giacchetti, el director de banco, el que... ¿Se acuerda de mí?

—Pues claro que me acuerdo. ¿Cómo están la madre y el niño?

—Muy bien, gracias.

Y no dijo nada más.

—¿Y bien? —lo apremió el comisario.

—Verá, ahora que estoy al teléfono hablando con usted, no sé si es oportuno...

Bueno, otra vez la misma historia. Montalbano recordó que el señor director de banco daba siempre un paso adelante y otro atrás; era un indeciso de marca mayor, un verdadero experto en el arte del tira y afloja. No le apetecía perder más tiempo con él.

—Déjeme juzgar a mí si es oportuno. ¿Qué quiere decirme?

—Pero quizá verdaderamente sea una cosa sin importancia...

—Oiga, señor Giacchetta...

—Giacchetti. Bueno, se lo digo, aunque no... Pues ya está, estoy seguro de que he vuelto a ver el coche.

—¿Qué coche?

—El que quiso atropellar a aquella mujer... ¿Se acuerda?

—Sí. ¿Ha vuelto a ver el coche?

—Ayer. Justo delante de mí. Detenido en un semáforo. Esta vez anoté el número de la matrícula.

—Señor Giacchetti, ¿está completamente seguro de que se trata del mismo coche?

Y ésa fue la incauta pregunta en que Giacchetti se perdió y se ahogó.

—¿Seguro, dice? ¿Y cómo voy a estar seguro? Algunas veces lo estoy y otras no. En algunos momentos podría jurarlo y en otros sinceramente no me atrevería. ¿Cómo puedo...?

—Supongamos que esta vez es una de esas en que se siente absolutamente seguro.

—Bueno, pues entonces... Aparte de todo lo demás, tengo que decirle que el coche del otro día tenía rota la luz posterior izquierda y éste también.

—Mire, señor Giacchetti, que la escena que usted presenció la otra noche no ha tenido ninguna continuación.

—Ah, ¿no?

—No. Por consiguiente, si usted quiere darme el número de la matrícula, démelo, pero no creo que pueda sernos útil.

—Pues entonces, ¿qué hago? ¿Se lo doy o no se lo doy?

—Démelo.

—BG tres-dos-nueve ZY —dijo más bien abatido Giacchetti.

—Un besito al chiquillo.

¿Ya habían terminado de tocarle los cojones? ¿Podía irse a Marinella para pensar en todo lo que había averiguado, sentado en la galería mientras el rumor del mar le disolvía lentamente el enredo de los pensamientos?

154

Cerró la puerta del despacho.

—Hasta luego, Catarè.

—Buenas noches, *dottori*.

Salió y se dirigió hacia el coche. Mimì Augello debía de haber regresado al despacho, porque su coche estaba aparcado tan cerca del suyo que tuvo que ponerse de lado para pasar. Subió, puso el motor en marcha y arrancó. Frenó en seco cuando no había recorrido ni siquiera diez metros, provocando una tanda de improperios y toques de claxon a su espalda.

Había visto algo. Algo que la mitad de su cerebro quería enfocar mientras la otra mitad no quería, negándose a creer lo que le había transmitido el nervio óptico.

—¿Te quieres mover, cabrón? —le gritó un automovilista al pasar por su lado.

Montalbano dio marcha atrás, pero no veía nada, pues un repentino diluvio de sudor que le bajaba por la frente lo obligaba a mantener los ojos entornados. Se encontró de nuevo en el aparcamiento de la comisaría. Se detuvo, se pasó el antebrazo por la cara para secar el sudor, abrió la puerta y miró. He ahí la lucecita posterior rota, he ahí la matrícula BG 329 ZY.

El número de la matrícula de Mimì Augello.

Un calambre tan violento como un navajazo le retorció los intestinos, subiéndole un borbotón de líquido dulzón y ácido a la garganta. Bajó del coche, se apoyó en el capó y vomitó un buen rato, vomitó incluso el alma.

Ya en Marinella, se dio cuenta de que se le había pasado no sólo el apetito sino también las ganas de pensar. Abrió la galería, pero hacía demasiado frío para sentarse allí. Cogió una botella de whisky y un vaso y desconectó el teléfono. Fue al cuarto de baño, se desnudó, llenó la bañera y se metió dentro.

Fue un buen remedio. Dos horas después ya casi había vaciado la botella y el agua se había enfriado, pero él había cerrado los ojos y dormía.

Se despertó sobre las cuatro de la madrugada, muerto de frío dentro de la bañera. Entonces se dio una ducha bien caliente y bebió una taza de café.

Ya estaba preparado para razonar, aunque notara una náusea agazapada en el fondo de la garganta. Tomó pluma y papel, se sentó a la mesa del comedor y empezó a escribirse una carta a sí mismo para aclarar las ideas.

Querido Salvo:

Sé muy bien que, mientras vomitabas en el aparcamiento, dos palabras te martilleaban la cabeza: conchabamiento y conspiración.

Dos palabras que has dejado vagar dentro de ti sin querer relacionarlas entre sí. Si lo haces, lo que sale no es ciertamente agradable. O sea: Mimì Augello y Dolores Alfano, conchabados, han urdido una conspiración.

Trato de aclarar la situación. No cabe duda de que Mimì y Dolores son amantes y de que sus encuentros se producen en el chaletito del carnicero Pecorini. A primera vista, su relación debió de empezar en septiembre, pocos días después del presunto embarque de Giovanni Alfano.

¿Fue Mimì quien empezó? ¿O fue ella? Éste es un punto importante, aunque esencialmente no cambie las cosas. Procuraré explicarme mejor yendo hacia atrás.

A partir del hallazgo del cadáver en el *critaru*, Mimì comienza a insistir en que le encargue esa investigación.

¿Por qué precisamente ésa? La respuesta podría ser: porque es la única de peso que tenemos entre manos estos días.

La respuesta se sostiene hasta el momento en que yo obtengo la casi certeza de que el cadáver del *critaru* tiene nombre y apellido: Giovanni Alfano. El tal Alfano es el marido desaparecido de Dolores. Por consiguiente, las cosas cambian radicalmente y surgen algunas preguntas, por desgracia inevitables, que te planteo debidamente, separándolas de tal manera que cada una adquiera el relieve adecuado.

-¿Mimì Augello sabía que, antes o después, yo identificaría el cadáver del marido de su amante?

-En caso afirmativo, ¿cómo sabría Mimì que el cadáver era el de Giovanni Alfano antes incluso de que nosotros relacionáramos al desconocido del *critaru* con Dolores?

-¿Mimì es fuertemente presionado y chantajeado sexualmente por Dolores para que le encarguen la investigación?

-¿Se puede afirmar que Mimì ejerce presión sobre mí de mala gana porque ni sabe ni puede decirle que no a Dolores?

-¿Entre ambos han ocurrido, precisamente por eso, escenas terribles? Cabe pensar que sí, pues de una de ellas fue testigo Fabio Giacchetti.

-¿Quién le habría dicho a Mimì que el cadáver del *critaru* era el marido de su amante? No puede haber sido más que Dolores.

-¿Dolores sabía, por tanto, no sólo que su marido no había embarcado sino que lo habían asesinado?

-Cuando se descubre el cadáver, ¿por qué Dolores se presenta en la comisaría? Sólo cabe una respuesta: porque quiere, con una sagaz e inteligente dirección, llevarme a la conclusión de que el muerto es su marido.

-Y me lleva también a otra conclusión inevitable: que quien asesinó a Giovanni fue Balduccio Sinagra.

-Por consiguiente, las posibilidades son dos: Dolores ha seducido a Mimì en su calidad de subcomisario para controlar la marcha de la investigación. O Dolores descubrió después que Mimì era subcomisario y aprovechó la ocasión. En ambos casos, el propósito de ella no cambia.

-Mimì y Dolores traman, por tanto, una conspiración con la finalidad de que yo me vea obligado a encargarle la investigación a Mimì.

-¿Mimì quiere que se sepa públicamente que me pide con insistencia esta investigación para evitar discusiones con Dolores?

-Si ésta es la situación, ¿cómo defines el comportamiento de Mimì para contigo?

Al llegar ahí tuvo que interrumpir sus reflexiones, porque se le despertaron de golpe las náuseas, provocándole una amarga saliva. Salió a la galería. Aún estaba oscuro. Se sentó en la banqueta, pues no se sentía con ánimos para permanecer de pie.

¿Cómo calificar el comportamiento de Mimì?

Había una respuesta, se le había ocurrido enseguida, pero no había querido ni decirla ni escribirla: Mimì había faltado a su confianza; a este respecto no cabía la menor duda.

No porque tuviera una amante. En esas cosas Montalbano jamás había querido entrar, ya que eran asuntos privados, y seguramente tampoco habría entrado esta vez, aun estando Mimì casado y siendo padre de un chiquillo, si Livia no lo hubiera arrastrado a ello.

No; la falta de confianza habría empezado cuando Mimì se dio cuenta, en determinado momento, de que Dolores no quería algo de él como amante sino en su calidad de policía. Su vanidad de conquistador de mujeres debió de sufrir una gran humillación, pero no supo o no pudo cortar con Dolores. Quizá estaba demasiado atrapado por ella. Dolores era una mujer capaz de convertir a un hombre en un sello pegado a su cuerpo. Llegado a ese punto, Mimì tendría que haberse presentado ante él y haberle dicho con toda sinceridad: «Mira, Salvo, me ha ocurrido esto, y después las cosas se han puesto así, y ahora tienes que ayudarme a salir de esta trampa.» ¿Eran amigos o no? Pero había más.

Mimì no sólo no le había dicho nada de la situación en que había terminado, sino que, entre Dolores y su amistad, había elegido a Dolores. Se había puesto de acuerdo con ella para obligar a Montalbano a actuar de determinada manera. Mimì había obrado en interés de esa mujer. Y un amigo que no obra en tu interés y empieza a obrar en interés de otro sin decírtelo, ¿qué ha hecho sino traicionar vuestra amistad?

Finalmente había conseguido admitir la palabra: Mimì era un traidor.

En cuanto surgió aquella palabra, traidor, le bloqueó los pensamientos. Por unos instantes, en el cerebro del comisario hubo un vacío absoluto. Y el vacío se convirtió en silencio, no sólo de palabras sino de cualquier mínimo ruido. La línea más clara que se revelaba en medio de la oscuridad, formada por la resaca al borde de la playa, se movía muy despacio, como siempre, pero ahora no hacía el consabido y ligero rumor de respiración, nada. Y el latido del diésel de una embarcación pesquera de la cual se veían las pálidas luces no llegaba hasta la galería, tal como debería. Era como si alguien hubiese apagado el sonido.

Después, dentro de aquel silencio del mundo, quizá del universo, Montalbano oyó nacer un breve sonido, desangelado y extraño, seguido de otro igual y de otro también igual. ¿Qué era?

Tardó un poco en entender que aquel sonido brotaba de él. Estaba llorando desesperadamente.

Resistió con fuerza las ganas de mandarlo todo a la mierda, de salir de allí por el medio que fuera. Porque él estaba hecho así. Era un hombre capaz de comprender muchas cosas que otros no comprendían o no querían comprender, debilidades más o menos voluntarias, pérdidas de valentía, desvergüenzas, faltas de atención, mentiras, móviles feos para acciones feas, cosas hechas por mal humor, aburrimiento, interés, y así sucesivamente. Pero no era capaz de comprender ni de perdonar la mala fe y la traición.

Ah, ¿sí? Oh, mi valeroso caballero sin tacha y sin temor, ¿dices que no sabes perdonar la traición?

Sí, es algo que no puedo concebir. Y tú que eres yo mismo lo sabes muy bien.

Pues entonces, ¿cómo es posible que te hayas perdonado?

¡¿Yo?! Yo no tengo nada que perdonarme.

¿Seguro, seguro? ¿Quieres hacerme el favor de regresar mentalmente a unas cuantas noches atrás?

¿Por qué? ¿Qué ocurrió?

¿Lo has olvidado? ¿Tenemos remordimiento? Ocurrió que tú sentías el mismo desánimo que sientes esta noche, sólo que la otra noche tenías al lado a Ingrid. La cual te consoló. Y cómo te consoló.

Bueno, eso sucedió porque...

Montalbà, en presencia de un hecho semejante puede haber porqués y cómos, pero el hecho se llama siempre de la misma manera: traición.

¿Sabes qué te digo? Que todo esto pasa por culpa de ese maldito *critaru*, por culpa del campo del alfarero.

Explícate mejor.

Pienso que ése, que es el lugar de la máxima traición, aquel donde el traidor traiciona incluso su propia vida, es un lugar condenado. El que pasa cerca de él se contagia de la traición de una u otra manera. Yo he traicionado, Dolores traiciona a Mimì, Mimì me traiciona a mí...

Bien, si así están las cosas, saca a Mimì de ese lugar infame. Sois, mejor dicho, somos todos iguales.

Se levantó, entró en la casa, se sentó y reanudó la escritura.

14

Como ves, querido Salvo, he relacionado las dos palabras y obtenido este bonito resultado. Pero hay otras preguntas que hacer. Por esta noche me bastan tres. La primera: ¿cómo supo Dolores que Giovanni había sido secuestrado y asesinado por un sicario de Balduccio? La segunda (dividida en dos): ¿por qué Dolores está segura de que quien ordenó matar a Giovanni es Balduccio? ¿Cuáles eran en realidad las relaciones entre Giovanni y Balduccio? La tercera: ¿por qué Dolores quiere mantener bajo control el desarrollo de las investigaciones a través de Mimì?

Posible respuesta a la primera pregunta.

Dolores nos ha dicho que mientras regresaba de Gioia Tauro le entró sueño de repente, y que llegó a Vigàta al día siguiente tras haber pernoctado en un motel. Pero quizá algo de lo que nos ha dicho no sea cierto. Quizá se quedó en Gioia Tauro por razones personales y así se enteró de que Giovanni no había podido embarcar porque Balduccio había mandado secuestrarlo. Entonces, ¿por qué no viene enseguida a decírnoslo abiertamente? Quizá porque lo de Dolores era sólo una suposición y no tenía pruebas. Quizá porque ignoraba cómo habían asesinado a su marido y dónde estaba el cadáver. Debió de comprenderlo cuando Mimì le habló del muerto del *critaru*. Y entonces entró en acción.

Posible respuesta a la segunda pregunta.

Aquí no hay más que una sola respuesta: Giovanni trabaja como correo para Balduccio. Tiene que ser muy hábil, y Dolores conoce muy bien la actividad de su marido. Pero un día Giovanni «traiciona» a Balduccio y éste manda matarlo. Por tanto, Dolores no tiene la menor duda acerca de quién ha ordenado eliminar a su marido.

Posible respuesta a la tercera pregunta.

Dolores sabe, porque se lo ha dicho Giovanni, lo inteligente y astuto que es el viejo Balduccio. Está impulsada por una irresistible voluntad de venganza. Quiere que Balduccio pague, pero sabe que el viejo mafioso podría engañar con éxito a la justicia, tal como ha hecho muchas veces. Teniendo a Mimì a mano, podría conjurar semejante peligro, puesto que ella jamás soltaría el «hueso» Balduccio.

Querido Salvo, me he roto los cojones escribiendo. Te he dicho lo esencial. Ahora te toca a ti.

Buena suerte.

Estaba amaneciendo. Se levantó de la mesa mientras por la espalda le serpenteaban estremecimientos de frío. Se desnudó y se metió en la bañera, que humeaba de tan caliente que estaba el agua. Cuando salió parecía una langosta. Se afeitó, se preparó y bebió la consabida taza de café. Después fue al dormitorio, se vistió, cogió un maletín y metió dentro una camisa, un par de calzoncillos, un par de calcetines, dos pañuelos y un libro que estaba leyendo. Regresó al comedor, releyó la carta que se había escrito a sí mismo, se la llevó a la galería y le prendió fuego con el encendedor. Miró el reloj. Casi las seis y media. Entró, volvió a conectar el teléfono y marcó un número mientras se guardaba el móvil en la chaqueta.

—¿Diga? —contestó Fazio.

—Soy Montalbano. ¿Te he despertado?

—No, señor *dottore*. ¿Qué hay?

—Oye, tengo que irme.

Fazio se alarmó.

—¿Se va a Boccadasse? ¿Qué ocurre?

—No voy a Boccadasse. Espero regresar esta misma noche o mañana por la mañana. Si lo hago esta noche, te llamo aunque sea tarde. ¿De acuerdo?

—A sus órdenes.

—Encárgate de lo que te he pedido. Tienes que averiguar por qué Pecorini se fue de Vigàta hace dos años.

—No se preocupe.

—Esta mañana irá a comisaría uno de los amigos de Alfano. Con los otros dos hablé anoche. A éste interrógalo tú.

—Muy bien.

—¿Dónde están las llaves del apartamento de via Gerace que te dio la señora Dolores?

—Encima de mi escritorio, dentro de un sobre.

—Ahora paso a recogerlas. Ah, oye. Si esta mañana te encuentras casualmente con el *dottor* Augello, no le digas que he ido a Gioia Tauro.

—*Dottore*, ahora Augello ya no habla con ninguno de nosotros. Pero por si acaso me pregunta, ¿qué le digo?

—Que he ido al hospital para un control rutinario.

—¿Usted al hospital voluntariamente? ¡No se lo va a creer! ¿No podría aducir algo mejor?

163

—Búscalo tú. Pero Mimì no debe sospechar ni por asomo que me estoy encargando del muerto del *critaru*.

—*Dottore*, perdone, pero si lo sospecha, ¿qué tiene de malo?

—Haz lo que te digo y no discutas.

Colgó.

¡Ah, qué asquerosos, qué cenagosos, qué traicioneros eran los alrededores del campo del alfarero!

¿Podría haberse ahorrado el viaje que estaba haciendo? ¿Un viaje que para él, privado como estaba de guía, representaba un esfuerzo tremendo? Claro, con la ayuda de una buena guía de carreteras no habría tenido ninguna necesidad de moverse de casa. Pero comprobar personalmente cómo estaba la situación no sólo era una forma de actuar más justa y seria, sino que el mismo lugar, visto con sus propios ojos, tal vez lo induciría a considerar alguna otra hipótesis. Sin embargo, a pesar de todas las justificaciones que seguía buscando para el viaje, era consciente de que la verdadera razón aún no había salido a la luz. Pero nada más pasar Enna, cuando a la izquierda ya se distinguían las montañas en medio de las cuales había pueblos como Assoro, Agira, Regalbuto o Centuripe, comprendió por qué había salido de Marinella. No cabía duda de que la investigación tenía que ver con ello, vaya si tenía que ver con ello, pero la verdad era que quería volver a contemplar el paisaje de su juventud, de cuando se encontraba en Mascalippa como subcomisario. Pero ¿cómo? ¿No se había cansado de aquel paisaje? ¿En Mascalippa no le molestaba incluso el aire, que sabía a paja y hierba? Todo cierto, todo sagrado, y recordó una frase de Brecht: «¿Por qué tendría que sentir cariño por el alféizar desde el cual me caí de niño?» Pero sintió que aquella frase no era acertada. Porque algunas veces, cuando ya eres casi viejo, el odiado alféizar desde el cual te caíste de niño te llama desde la memoria, y tú harías un peregrinaje para volver a verlo como lo veías entonces, con los ojos de la inocencia.

«¿Es eso lo que pretendes recuperar? —se preguntó mientras circulaba a paso de tortuga por la autopista Enna-Catania, enloqueciendo a todos los desgraciados automovilistas que recorrían el mismo camino—. ¿Crees que contemplar esas montañas desde lejos, respirar ese aire desde lejos, puede devolverte la ingenuidad, el candor, el entusiasmo de tus primeros años en la policía? Vamos, procura ser serio, comisario, convéncete de que, lo que has perdido, lo has perdido para siempre.»

Aceleró de golpe y dejó el paisaje atrás. En la Catania-Messina no había mucho tráfico, tanto es así que pudo embarcar en el transbordador a las doce y media. Desde Vigàta —de donde había salido a las siete— hasta Messina había tardado cinco horas y media. Alguien como Fazio, circulando normalmente, habría tardado dos horas menos. En cuanto rebasaron la estatua de la Virgen, que situada al final del puerto deseaba a todos felicidad y salud, el transbordador empezó a bailar porque había un poco de mar gruesa, y el aire salobre le despertó un apetito bestial. La víspera no había podido comer nada. Subió una escalerita que conducía al bar. En el mostrador había una montañita de *arancini* calentitos. Compró dos y salió a comérselos al puente. Atacó el primero, de un mordisco lo redujo a la mitad y de esta mitad se tragó una buena cantidad. Inmediatamente se dio cuenta del grave error cometido. Aquellas pelotitas de arroz frito en un aceite centenario parecían elaboradas por un cocinero presa de violentas alucinaciones. ¡Y qué ácida era la salsa de carne! Escupió al mar el resto que aún tenía en la boca, y le dio el mismo final al *arancino* entero y al que se había comido a medias. Regresó al bar y se tomó una cerveza para quitarse el regusto. Mientras bajaba con el coche del transbordador, el bocado de asqueroso *arancino* y la cerveza le subieron de golpe a la garganta. El ardor fue tan grande que, sin apenas darse cuenta, vomitó. Y se encontró en la pasarela completamente de lado, con el morro del coche mirando al mar.

—Pero ¿qué coño hace? ¿Qué coño está haciendo? —se puso a gritar asustado el marinero que dirigía las operaciones de desembarco.

Completamente sudado, Montalbano volvió a situarse en la posición adecuada centímetro a centímetro, mientras a sus espaldas el conductor de un camión TIR mostraba con toda claridad que tenía intención de propinarle un topetazo y arrojarlo al muelle o al mar, a gusto del consumidor.

En Villa San Giovanni fue a comer a una *trattoria* de camioneros donde ya había estado dos veces. Y la tercera tampoco sufrió una decepción. Después de una hora y media, es decir, hacia las tres de la tarde, subió de nuevo al coche para dirigirse a Gioia Tauro. Siguió la autopista, y en un abrir y cerrar de ojos dejó atrás Bagnara. Siguió por la A3; le quedaban unos veinte kilómetros escasos hasta Gioia Tauro. Los recorrió despacio, buscando la salida de Lido di Palmi. Estaba la salida de Palmi, no la de Lido. Pero ahora, ¿qué ocurría? Estaba seguro de no haberla pasado por distracción, y por eso decidió seguir hasta Gioia Tauro. Salió de la autopista, llegó al pueblo y se detuvo en el primer surtidor de gasolina que encontró.

—Oiga, tengo que ir a Lido di Palmi. ¿Cojo la autopista?

—Por la autopista no llegará, o por lo menos tendrá que hacer un recorrido complicado y largo. Mejor siga por la estatal, que además disfrutará del aire del mar.

Pidió que le explicaran qué tenía que hacer para coger la estatal.

—Otra cosa, perdone. ¿Dónde está via Gerace?

—Pasa por allí para ir a la estatal.

El número 15 de via Gerace era un pequeño apartamento que inicialmente debía de haber sido un garaje más bien grande. Era el primero de cuatro apartamentos idénticos y contiguos, todos con una pequeña verja y un jardincito mínimo. Al lado de la puerta había un cubo de basura. Se hallaban en la parte posterior de un enorme edificio de diez pisos. Seguramente se utilizaban como picaderos de ínfima categoría o como viviendas provisionales para gente de paso. Montalbano bajó del coche, sacó del bolsillo las llaves que había encontrado en el escritorio de Fazio, abrió la pequeña verja, la cerró, abrió la puerta, la cerró. Macannuco lo había hecho bien: había conseguido entrar sin forzar las cerraduras. El apartamento estaba muy oscuro y Montalbano encendió la luz.

Había un recibidor minúsculo que no salía en las fotografías, donde apenas cabían un perchero, un mueblecito con un cajón y una lámpara que iluminaba la estancia. La cocina era igual que en la fotografía, pero ahora estaban abiertos los armaritos y el frigorífico, y sobre la mesa se habían dejado a la buena de Dios botellas, cajas y paquetes.

Por el dormitorio, el registro había pasado como un tornado; los pantalones de Alfano estaban apelotonados en el suelo. En el cuarto de baño habían inutilizado la cadena del váter y roto la pared para dejar a la vista todas las cañerías; la trampilla del techo estaba abierta y al lado del bidet había una escalera de mano. Montalbano la colocó debajo de la trampilla y subió. El altillo estaba vacío; al parecer, los de la Científica se habían llevado la maleta y la caja de zapatos.

Bajó, regresó a la antesala y abrió el cajón del mueblecito. Recibos de la luz y el gas. Por debajo del mueble, que tenía patas de apenas cinco centímetros, asomaba la punta blanca de un sobre. Montalbano se inclinó y lo recogió. Estaba cerrado: un recibo de Enel. Lo abrió. Indicaba el 30 de agosto como fecha límite de pago. Por tanto, no se había pagado. Volvió a dejarlo debajo del mueble, y estaba a punto de apagar la luz cuando distinguió algo.

Se acercó de nuevo al mueblecito, le pasó un dedo por encima, levantó la lámpara, la dejó de nuevo en su sitio, abrió la puerta, salió, cerró, levantó la tapa del cubo de la basura, que estaba vacío, con sólo manchas de herrumbre en el fondo, lo dejó en su sitio, abrió la pequeña verja, y estaba punto de cerrarla cuando oyó una voz por encima de su cabeza.

—¿Perdone, usted quién es?

Era una cincuentona que debía de pesar ciento cuarenta kilos y tenía las piernas más cortas que Montalbano había visto jamás en un ser humano. Vamos, una pelota. Estaba asomada a un balcón del primer piso de la casa que daba precisamente al techo del apartamento de los Alfano.

—Policía. ¿Y usted quién es?

—La portera.

—Quisiera hablar con usted.

—Pues hable.

Una ventana del segundo piso que estaba entreabierta se abrió del todo, y a ella se asomó una veinteañera que apoyó los codos en el alféizar, colocándose en posición de escucha.

—Oiga, señora, ¿hace falta que hablemos a esta distancia?

—A mí me va bien.

—Pues a mí no. Baje ahora mismo a la portería, que me reúno con usted.

Cerró la pequeña verja, montó en su coche, rodeó el edificio, se detuvo delante de la entrada principal, bajó, subió cuatro peldaños, entró y se encontró con la portera, que salía del ascensor de lado y metiendo todo lo posible las tetas y la barriga. Nada más salir, la pelota volvió a hincharse.

—¿Y ahora qué?

—Quisiera hacerle unas preguntas sobre los señores Alfano.

—¿Todavía? ¿Todavía este latazo? ¿Usted qué es en la policía?

—Comisario.

—¡Ah! ¿Pues entonces no puede preguntarle a su compañero Macannuco en lugar de volver a tocarme las narices a mí? ¿Tengo que repetir la historia a todos los comisarios del reino?

Montalbano estaba empezando a divertirse.

—República, señora.

168

—¡Nunca! ¡Yo no reconozco esta república de mierda! ¡Soy monárquica y moriré monárquica!

Montalbano adoptó una expresión primero jovial y luego conspiradora. Miró alrededor, se inclinó hacia la pelota y dijo en voz baja:

—Yo también soy monárquico, señora. Pero no puedo decirlo abiertamente; de lo contrario, me fastidio la carrera.

—Me llamo Esterina Trippodo —repuso la pelota, ofreciéndole una mano minúscula, de muñeca—. Venga conmigo.

Bajaron medio tramo de escalera. Entraron en un pequeño apartamento casi idéntico al de los Alfano. En una pared del recibidor había un retrato de Víctor Manuel III con una lucecita encendida debajo, y a su lado, con la correspondiente lucecita, una de su hijo Humberto, que fue rey durante aproximadamente un mes (el comisario no lo recordaba muy bien). En cambio, en otra pared había una fotografía sin lucecita de otro Víctor Manuel, el hijo de Humberto, el conocido en las crónicas de sucesos porque una vez se le escapó un disparo. El comisario lo miró con admiración.

—Desde luego, es verdaderamente un hombre muy guapo —dijo sin sonrojo, el muy caradura.

Esterina Trippodo posó los labios sobre su dedo índice y después le envió un beso a la fotografía.

—Pase, pase. Siéntese.

La sala-cocina era un poco más grande que la de los Alfano.

—¿Le apetece un café?

—Sí, gracias.

Mientras la mujer manejaba la cafetera, Montalbano preguntó:

—¿Usted conoce a los señores Alfano?

—Pues claro.

—¿Los vio la última vez que estuvieron aquí, el tres y el cuatro de septiembre?

Esterina puso la directa para lanzarse a un monólogo.

—No. Pero estuvieron aquí. Él, que es un caballero, me llamó para pedirme que comprara un ramo de rosas y lo colocara delante de su puerta, pues ellos llegarían a primera hora de la tarde. Me lo había pedido otras veces. Pero al anochecer el ramo aún estaba allí, en la puerta. Al día siguiente pasé por la tarde para que me pagaran las rosas, y el ramo ya no estaba, pero nadie me abrió. Se habían ido. Entonces abrí la verja (sólo tengo esa llave) para vaciarles el cubo de la basura, pues es una tarea que me corresponde, pero dentro sólo había una jeringa llena de sangre. ¡Ni siquiera metida en un sobre o envuelta en un trozo de papel, nada! ¡Tirada allí! ¡Una cochinada! ¡Menos mal que llevaba los guantes! ¡Quién sabe qué coño hizo esa grandísima guarra y republicana de mierda!

—¿Todo esto se lo contó a mi compañero Macannuco?

—No. ¿Por qué? ¡No es de los nuestros, como usted!

—¿Y las rosas se las pagaron?

—¡Aún lo estoy esperando!

—Si me permite... —dijo Montalbano, llevándose una mano al billetero.

La señora Trippodo se lo permitió magnánimamente.

—Por cierto, debajo del mueblecito del recibidor he visto un recibo de la luz.

—Cuando llegan los recibos, yo los paso por debajo de la puerta. Se ve que ése no se lo llevaron para pagarlo.

Y a todas las demás preguntas, en nombre del común credo monárquico, la portera contestó con amplitud de detalles.

Media hora después, Montalbano volvió a subir al coche, y cuando no habían transcurrido ni cinco minutos vio el letrero que indicaba la dirección de Palmi. Era lógico por tanto que Dolores hubiera seguido aquel camino en lugar de la autopista. Y de pronto tuvo delante la salida de Lido di Palmi.

¡Caramba, no distaba ni cuatro kilómetros de la casa de via Gerace! ¡Se podía ir a pie! Tomó la salida, y a menos de cien metros vio un motel a la derecha. Si Dolores había sufrido el accidente precisamente en la salida, había una gran probabilidad de que el motel fuera justamente aquél.

Aparcó, bajó y entró en el bar-recepción. No había nadie; hasta la máquina de café estaba apagada.

—¿Hay alguien?

A la izquierda, detrás de una cortina de abalorios que escondía una puerta, una voz dijo:

—Voy.

Apareció un hombre de unos cincuenta años sin un pelo ni pagado a precio de oro, bajo, grueso, rubicundo, simpático.

—¿Qué desea?

—Soy el *dottor* Lojacono, agente de seguros. Necesitaría alguna información. ¿Usted, disculpe, quién es?

—Me llamo Rocco Sudano y soy el propietario. En temporada baja me encargo de casi todo.

—Oiga, ¿el cuatro de septiembre el motel estaba en activo?

—Por supuesto. Estábamos todavía en temporada alta.

—¿Usted se encontraba aquí?

—Sí.

—¿Recuerda si aquella mañana vino una señora morena muy guapa que había sufrido un accidente precisamente en la salida?

Los ojos de Rocco Sudano empezaron a brillar, hasta su cabeza de bola de billar relució como si dentro se le hubiera encendido una bombilla. La boca se le ensanchó en una sonrisa.

—¿Cómo no? ¿Cómo no? ¡La señora Dolores! —Y con cierta preocupación, añadió—: ¿Le ha ocurrido algo?

—Nada. Tal como le he dicho, soy agente de seguros. Es por el incidente que tuvo con el coche, ¿sabe?

—Claro.

—Bueno, pues ¿recuerda lo que hizo la señora ese día?

—Pues sí. Mujeres como ésa no se ven muchas por aquí, ¡ni siquiera en temporada alta! Primero descansó un par de horas en una habitación. No se había hecho nada, pero estaba muy nerviosa. Yo le llevé personalmente una taza de manzanilla. Ella estaba en la cama... —Se perdió en el recuerdo con ojos soñadores y, sin darse cuenta, empezó a lamerse los labios.

Montalbano lo despertó.

—¿Recuerda a qué hora llegó?

—Pues... a las diez, diez y media.

—¿Y después qué hizo?

—Comió en nuestro restaurante, que entonces estaba abierto, pues era temporada alta. Después dijo que quería ir a la playa. Volví a verla por la noche, pero no cenó, se fue a su habitación. A la mañana siguiente a las siete, Silvestro, el mecánico, le devolvió el coche. La señora pagó y se fue.

—Oiga, una última pregunta. ¿Entre Lido di Palmi y Gioia Tauro hay, qué sé yo, un autobús, un autocar, que una ambas localidades?

—Sí, en temporada alta. Hay varias conexiones aparte de las de Gioia Tauro y Palmi, naturalmente.

—O sea, que el cuatro de septiembre aún había conexiones, ¿no?

—Por aquí la temporada alta dura hasta finales de septiembre.

Montalbano consultó el reloj. Eran más de las cinco.

—Mire, señor Sudano, quisiera descansar una horita. ¿Tiene una habitación libre?

—Todas las que quiera. Estamos en temporada baja.

15

Durmió cuatro horas seguidas con un sueño de plomo. Cuando despertó, llamó a Fazio por el móvil.

—No voy a regresar esta noche. Nos vemos mañana por la mañana en la comisaría.

—De acuerdo, *dottore*.

—¿Has hablado con el amigo de Alfano?

—Sí, *dottore*.

—¿Te ha dicho algo interesante?

—Sí.

Debía de ser muy interesante si Fazio se hacía arrancar las palabras con tenazas. Cada vez que tenía que decir algo decisivo para una investigación, echaba mano del cuentagotas.

—¿Qué te ha dicho?

—Que fueron los Sinagra quienes desalojaron precipitadamente a Arturo Pecorini de Vigàta.

Montalbano se quedó pasmado.

—¿Los Sinagra?

—Sí, señor *dottore*, don Balduccio en persona.

—¿Y por qué?

—Porque en el pueblo habían empezado a circular rumores sobre una relación entre el carnicero y la señora Dolores. Y entonces don Balduccio mandó decirle a Pecorini que mejor cambiara de aires.

—Comprendo.

—*Dottore*, lo ha estado buscando el ministerio público Tommaseo.

—¿Sabes qué quería?

—Habló con Catarella, imagínese. Me parece que le telefoneó un compañero suyo de Reggio a propósito de un individuo que había desaparecido. Se quejó de que él no sabía nada de esa historia. Quiere ser informado. Creo que el compañero del *dottor* Tommaseo se refería a nuestro Giovanni Alfano.

—Yo también lo creo. Mañana intentaré hablar con él.

Se levantó de la cama, se duchó y se cambió. Se encaminó al bar-recepción, donde el señor Sudano no quiso cobrarle nada («total, estamos en temporada baja»), subió al coche y se fue.

Llegó a Villa San Giovanni cuando ya eran más de las diez y se dirigió a la misma *trattoria* donde había comido a última hora de la mañana. Ni siquiera esa cuarta vez lo decepcionó.

A la una de la madrugada desembarcó en la isla.

El tramo Messina-Catania lo hizo bajo una mala copia del diluvio universal. Los limpiaparabrisas no daban abasto para despejar el agua. Se detuvo en la cafetería del área de servicio de Barracca, Calatabiano y Aci S. Antonio, más para hacer acopio de valor y seguir adelante que por necesidad de café. En total tardó tres horas en recorrer un camino que con tiempo normal se cubría en una hora y media. Pero nada más rebasar Catania y enfilar la autopista de Enna, el diluvio no sólo terminó de golpe sino que incluso asomaron las estrellas. Tomó la salida de Mulinello y se dirigió a Nicosia. Al cabo de media hora vio a la derecha un letrero con la dirección de Mascalippa. Siguió aquella maltrecha carretera, que a ratos todavía conservaba un débil recuerdo del asfalto. Entró en Mascalippa cuando por las calles no se veía ni un alma. Se detuvo en la placita, que era igual a como él la había dejado muchos años atrás, bajó y encendió un cigarrillo. El frío le comía los huesos, el aire sabía a paja y hierba. Un perro se acercó y se detuvo a unos pasos. Movió la cola en señal de amistad.

—Ven aquí, *Argos* —le dijo Montalbano.

El perro lo miró, dio media vuelta y se alejó.

—¡*Argos*! —insistió el comisario.

Pero el chucho desapareció doblando una esquina. Tenía razón el animal. Sabía que no era *Argos*. El cabrón era él, que creía ser Ulises. Se terminó el cigarrillo, volvió a subir al coche y se fue de regreso a Vigàta.

Despertó de un sueño beneficioso, plano y compacto. Durante el trayecto de Mascalippa a Vigàta se le habían aclarado las ideas y ahora sabía lo que tenía que hacer. Telefoneó a Livia antes de que ella se marchara al despacho. A las nueve llamó al *dottor* Lattes, el jefe de gabinete del jefe superior de policía. Llegó a la comisaría más fresco que una rosa, tranquilo y descansado como si hubiera dormido toda la noche. Pero lo había hecho apenas tres horas.

—¡Ah, *dottori*, *dottori*! Ayer el ministerio público Gommaseo *tilifonió* que...

—Lo sé, me lo ha dicho Fazio. ¿Está en su despacho?

—¿Quién? ¿Gommaseo?

—No; Fazio.

—Sí, *siñor*.

—Mándamelo enseguida.

Había correo recién llegado a espuertas, a paletadas; cubría toda la superficie del escritorio. Montalbano se sentó y empujó la correspondencia hacia los extremos para tener un poco de sitio delante. Sitio no para escribir, sino en todo caso para apoyar los codos. Entró Fazio.

—Cierra la puerta, siéntate y cuéntame mejor la historia de Balduccio Sinagra y Pecorini.

—*Dottore*, usía me dijo que hablara con el tercer amigo de Giovanni Alfano. ¿Se acuerda? Pues bien, este amigo, que se llama Franco di Gregorio y me pareció una buena persona, es el que me contó la historia. En cambio, los otros dos no me han dicho nada. No han querido hablar.

—¿Por qué?

—Si me deja contarlo a mi manera, lo haré.

—Muy bien, sigue.

—Digamos que hace poco más de dos años, este carnicero cincuentón perdió la cabeza por Dolores Alfano, que era clienta suya. No lo hizo con discreción y a escondidas, no, señor: empieza a enviarle un ramo de rosas todas las mañanas, le hace regalos, se sitúa delante de la puerta de su casa y espera a que salga para seguirla... En resumen, todo el pueblo se entera.

—¿Está casado?

—No, señor.

—Pero ¿no sabe que Dolores es la mujer de Alfano, que es un protegido de don Balduccio?

—Lo sabe, lo sabe.

—¡Pues entonces es un estúpido!

—No, señor *dottore*, no es un estúpido. Es un presuntuoso violento. Es uno que dice que no tiene miedo de nada ni de nadie.

—¿Un engreído?

—No, señor. Arturo Pecorini es un hombre que no bromea, un delincuente. Cuando apenas tenía veinte años lo arrestaron por homicidio, pero tuvieron que absolverlo por falta de pruebas. Cinco años después, otra absolución por intento de homicidio. Después parece que no ha hecho otras cosas graves excepto alguna reyerta, porque es un prepotente. A los amigos que le dicen que sea más prudente, él les contesta que los Sinagra le importan un bledo, que prueben y verán.

—¿Y por qué Dolores no recurrió a los carabineros, tal como había hecho con el otro pretendiente?

Fazio esbozó una sonrisita.

—Di Gregorio dice que Dolores no lo hizo porque el carnicero le gustaba. Y le gustaba mucho.

—¿Fueron amantes?

—Nadie puede decirlo con certeza. Pero tenga en cuenta que el carnicero tenía su casa, y la sigue teniendo, a menos de veinte metros de la de los Alfano. De noche podían hacer lo que les diera la gana. Son calles de muy poco tráfico diurno, imagínese de noche. Después el asunto llegó a oídos de don Balduccio, a quien no le gustó que el carnicero hiciera cornudo a un pariente lejano suyo, pero sobre todo a un muchacho a quien apreciaba.

—¿Qué hizo?

—En primer lugar, llamó a Dolores.

—¿Qué le dijo?

—No se sabe. Di Gregorio dice que es fácil de imaginar. Y tiene razón. El caso es que, cuatro días después, Dolores emprendió un viaje a Colombia, diciendo a todo el mundo que iba a ver a su madre enferma.

—¿Y Pecorini?

—*Dottore*, le hago a usted la misma advertencia que a mí me hizo Di Gregorio: todo son habladurías, suposiciones, hipótesis.

—Dímelo de todos modos.

—Cuando tenía veinte años, Pecorini violó a una chica de diecisiete, hija de gente muy pobre. El padre de Pecorini indemnizó a la familia de la muchacha a cambio de que no presentaran una denuncia. Pero la chica se quedó preñada. Y dio a luz un varón al que llamaron Arturo como el padre y Manzella como la madre. Pecorini, no se sabe cómo, se encariñó con ese hijo no reconocido, lo ayudó a estudiar, a conseguir una licenciatura, a encontrar trabajo. Ahora el chico tiene treinta años, es contable, se ha casado y tiene un chiquillo de tres años, Carmelo.

—¡Alto ahí, Fazio! ¿Esto qué es, la Biblia?

—Ya hemos llegado, *dottore*. Un día, mientras el pequeño Carmelo jugaba delante de la puerta de su casa, desapareció.

—¿Cómo que desapareció?

—Desapareció, *dottore*. Se esfumó. Veinticuatro horas después, Arturo Pecorini cerró la carnicería y se fue a Catania.

—¿Y el pequeño?

—Lo encontraron treinta y seis horas después jugando delante de la puerta de su casa.

—¿Y qué dijo?

—Que un anciano muy amable, un abuelito, le había preguntado si quería dar un paseo, lo había invitado a subir a un coche y se lo había llevado a una casa muy bonita con muchos juguetes. Tres días después lo dejó en el mismo lugar donde lo había recogido.

—Típica manera de actuar de Balduccio. El viejo quiso hacer la operación en persona. ¿Y después?

—Pecorini, que había comprendido el aviso de Balduccio, tomó las de Villadiego. Y por eso a Dolores se le permitió regresar. Pero, antes, una gente de la familia Sinagra abordó a los amigos de Giovanni Alfano para hacerles a todos la misma recomendación: cuando Giovanni vuelva, no le habléis de esta historia del carnicero, pues don Balduccio no quiere que se lleve un disgusto.

—Pero tú me dijiste el otro día que ahora Pecorini regresa al pueblo de vez en cuando.

—Sí, viene dos veces a la semana, el sábado y el domingo. Poco después de irse a Catania, reabrió la carnicería de aquí y se la encomendó a su hermano. Pero parece que ya se ha quitado a Dolores de la cabeza.

—Muy bien, te lo agradezco.

—*Dottore*, ¿me explica cómo ha sabido que el carnicero tuvo una historia con la señora Dolores?

—Pero ¡si yo no lo sabía!

—Ah, ¿no? Pues entonces, ¿cómo empezó enseguida a pedirme información sobre Pecorini? ¿Antes incluso de que la señora Dolores viniera a comisaría?

No podía revelarle la verdadera causa, es decir, que el carnicero era el propietario del chaletito donde Mimì practicaba ejercicios gimnásticos con Dolores.

—A lo mejor un día te lo digo, y tú mismo lo comprenderás. ¿Sabes si el *dottor* Augello está en su despacho?

—Sí, señor. ¿Lo aviso?

—Sí. Y vuelve con él.

Fazio se retiró. Montalbano apoyó la espalda en el respaldo, cerró los ojos y respiró profundamente dos o tres veces como preparándose para una inmersión. La escena que tenía en mente debía resultar perfecta, sin una palabra de más ni de menos. Los oyó acercarse. No abrió los ojos. Parecía absorto en una meditación.

—Mimì, entra y siéntate. Fazio, ve a decirle a Catarella que no me moleste por ninguna razón, y después vuelve.

Siguió con los ojos cerrados y Mimì no dijo nada. Montalbano oyó los pasos de Fazio al regresar.

—Entra, cierra la puerta con llave y siéntate tú también.

Finalmente abrió los ojos. Llevaba varios días sin ver a Mimì. Éste tenía la cara amarillenta, los ojos hundidos, barba de dos días y el traje arrugado. Estaba sentado en el borde de la silla, con el talón izquierdo levantado y temblando, de lo nervioso que estaba. Era como una cuerda tan tensa que de un momento a otro podía romperse. Fazio, en cambio, mostraba un semblante preocupado.

—En los últimos tiempos —empezó Montalbano—, en nuestra comisaría no se respiran buenos aires.

—Quisiera explicarte que... —intervino Augello.

—Mimì, tú hablas cuando yo te lo diga. Probablemente la culpa de lo que está ocurriendo es en buena parte mía. Yo, y soy el primero en reconocerlo, he perdido el impulso, la fuerza que os inducía a seguirme siempre y en cualquier caso. Nos habíamos convertido, más que en un equipo, en un cuerpo único. Después la cabeza de este cuerpo empezó a no funcionar tan bien y todo el cuerpo se resintió. ¿Cómo lo dicen aquí en nuestra tierra? Un pescado huele mal por la cabeza.

—Mira, Salvo...

—Aún no te he dado permiso para hablar, Mimì. Por consiguiente, es natural que alguna parte de este cuerpo se haya negado a pudrirse con el resto. Me refiero a ti, Mimì. Pero antes de decirte lo que considero que debo decirte, rechazo tu afirmación de que nunca he querido concederte cierta autonomía, un espacio tuyo importante. Quieto; no hables. En su lugar, y Fazio es testigo, he intentado descargar en ti todas las investigaciones, porque comprendía, y comprendo, que ya no soy el de antes. Si no ha sucedido todas las veces que he querido, ha sido por tus obligaciones familiares, Mimì. He cargado con las investigaciones para dejarte tiempo que dedicar a tu familia. Ahora tú me pides, por carta, que te encomiende por entero el caso del *critaru*. ¿Quieres prepararte para la sucesión, Mimì?

—¿Puedo hablar?

—Sólo para responder a mi pregunta.

—Las cosas no son como piensas.

—Pues entonces no tienes que explicarme nada más. Creo que te bastará con mi palabra; no necesitas una respuesta por escrito. De acuerdo.

—¿Qué significa de acuerdo?

—El caso Skorpio es tuyo, inspector Callaghan.

Mimì lo miró extrañado, sin comprender la cita cinematográfica de Montalbano. Pero sí la comprendió Fazio, que enrojeció de repente.

—¿Quiere decir que usía pasa el testigo?

—Exactamente.

Al final Mimì lo entendió.

—¿Me das el caso?

—Sí.

—¿Seguro? A ver si después te arrepientes.

—No me arrepiento.

—¿No intervendrás en las pesquisas?

—No.

—¿Puedo actuar con plena libertad?

—Ciertamente.

—¿Qué quieres a cambio?

—Mimì, no estamos en el mercado. Quiero tan sólo que respetes las reglas.

—¿O sea?

—Que antes de dar cualquier paso... detenciones, ruedas de prensa, declaraciones, me informes.

—¿Y si me dices que no lo haga?

—Jamás te lo diré. Sólo quiero que me informes a diario del desarrollo de la investigación.

—De acuerdo. Gracias.

Mimì se levantó y le tendió la mano. Montalbano se la estrechó y la retuvo apretándola un poco. Mimì no supo resistir.

—¿Puedo abrazarte?

—Claro.

Se abrazaron. Mimì tenía los ojos húmedos.

—Esta mañana he telefoneado al *dottor* Lattes —dijo Montalbano—. Hoy estamos a jueves. Yo esta noche emprendo un viaje a Boccadasse y regreso el domingo por la noche. Por consiguiente, tú me vas a sustituir en todo, Mimì. Fazio irá a informarte a tu despacho de hasta dónde hemos llegado. Y se pondrá a tu disposición. En cuanto puedas, llama a Tommaseo y ponlo al corriente de todo. Fazio se reúne contigo dentro de cinco minutos.

Cuando Mimì se retiró, parecía a punto de bailar de alegría.

—Por poco le besa la mano —dijo despectivamente Fazio—. ¿Y ahora me explica a qué ha venido esta ingeniosa salida?

—A que estoy cansado.

—¿Cansado hasta ese extremo? No me lo creo.

—Pues porque esta investigación me molesta.

—¿Sí? ¿Y cuándo le molestó? ¿Ayer en Gioia Tauro?

—Pues entonces porque Mimì se lo merece.

—No, señor, no se lo merece.

—Fazio, ¿vamos a ponernos a malas nosotros dos? Lo he decidido así porque me convenía. Y no quiero más discusiones sobre el tema.

—*Dottore*, mire que el *dottor* Augello mandará la comisaría al garete. No le rige la cabeza; yo no sé qué le ha pasado.

Y ésta es una cuestión delicada, está por medio la mafia. No quiero colaborar con el *dottor* Augello.

—Fazio, no se trata de querer o no querer. Es una orden.

Fazio se levantó más pálido que un muerto y más tieso que un palo de escoba.

—A sus órdenes.

—Espera. Procura comprenderlo. Precisamente porque es una cuestión muy delicada, tal como tú mismo has dicho, te coloco al lado de Mimì.

—*Dottore*, pero si él sale disparado, no seré yo quien pueda detenerlo.

—Me avisas con tiempo e intervengo yo.

—Pero ¡si usía estará en Boccadasse!

—No creo que ocurra nada en estos tres días, y de todos modos me llevo el móvil. Además, ¿tú no tienes el número de casa de Livia?

No experimentó el menor remordimiento por dejar el móvil en Marinella; más aún, lo escondió en el cajón donde guardaba la ropa interior. De esta manera, en cierto momento el pobre Fazio también recibiría su ración de traición, pues era la primera vez que él le decía una cosa con la idea secreta de hacer otra. Por otra parte, era inevitable: ¿no estaban todos en las inmediaciones del campo del alfarero?

Repitió el camino que había hecho la víspera, pero esta vez no aminoró la marcha para contemplar el paisaje. Al llegar al cruce, en lugar de dirigirse al aeropuerto, siguió hacia el centro de Catania. No tardó en verse en medio de un tráfico que lo obligaba a avanzar a cinco kilómetros por hora, demasiado poco incluso para él; además, hacían paradas de por lo menos diez minutos. En una de esas paradas pasó por su lado un guardia.

—Perdone, ¿qué ha ocurrido?

—¿Dónde?

—Aquí. ¿Por qué hay tanto tráfico?

—¡¿Tráfico?! —exclamó el guardia, sorprendido.

Era como decirle que todo era normal. Como Dios quiso, llegó a los pórticos de la zona portuaria y preguntó por la aduana. Mientras se dirigía hacia allí, pasó a cámara lenta por delante de tres escaparates resplandecientes donde la carne se exponía como en otros tiempos se exponían las alhajas de la joyería Bulgari. Un rótulo luminoso de gran tamaño rezaba: «PECORINI - EL REY DE LA CARNE.» Aparcar como es debido era un sueño, por lo cual metió el coche de través en una especie de portal maltrecho, y bajó. La semejanza con los antiguos escaparates de Bulgari se acentuaba con el precio de los distintos cortes de carne. Entró en la carnicería como si entrara en la sala de espera de una esteticista de primera categoría. Sofás, sillones, mesitas. Delante del elegantísimo mostrador había gente. Montalbano se sentó en una butaca, e inmediatamente apareció una muchacha de unos dieciocho años vestida de camarera, con cofia y delantalito blanco.

—¿Le apetece un café?

—No, gracias; hay demasiada gente. Vuelvo más tarde.

Mientras se levantaba, el hombre que había en la caja alzó la vista y lo miró.

En un instante, Montalbano tuvo dos certezas: la primera, que aquel hombre era Arturo Pecorini; y la segunda, que Pecorini lo había reconocido, porque se detuvo cuando estaba devolviéndole el cambio a una clienta. A lo mejor lo había visto en la televisión.

En el aeropuerto aparcó el coche y se dio una paliza corriendo porque faltaban unos veinte minutos para el despegue. Miró para ver cuál era la puerta de embarque, pero no vio nada escrito. Miró mejor: el vuelo sufriría un retraso de hora y media. A aquellas alturas eso era normal, como el tráfico.

16

Tras desayunar juntos, Livia se fue al despacho. Una vez solo, Montalbano desconectó el teléfono y se paseó una hora por la casa. Luego se dio una ducha, se vistió y estuvo otra hora fumando y contemplando el paisaje desde el ventanal. Entonces salió para Génova. Se fue al acuario, donde consiguió entrar después de media hora de cola. Pasó la mañana en medio de los peces, entre extasiado y fascinado. A la hora de comer fue a una *trattoria* que le había recomendado Livia. En todos los lugares se adaptaba a la cocina local. Estaba seguro de que si, pongamos por caso, se encontrara en las perdidas montañas de Afganistán y un camarero le dijera: «Tenemos un plato estupendo de gusanos con acompañamiento de cucarachas fritas», él pediría una ración.

Esta vez el camarero le preguntó:

—¿Con *pesto*?

—Naturalmente.

Pero cuando le enumeró los segundos platos, todos de pescado, a Montalbano le pareció mal comerlos tras haberlos visto vivitos y coleando en el acuario.

—¿Podría tomar una chuletita a la milanesa?

—Sí, si va a Milán —contestó el camarero.

Comió un excelente lenguado frito, pidiendo perdón. Al regresar a Boccadasse, se tumbó en la cama. Despertó a las cuatro, se levantó y se sentó otra vez junto al ventanal para leer el periódico que había comprado. «Ensayos generales de vida de jubilado», se dijo entre divertido y desconsolado.

Livia llegó a las seis.

—¿Sabes?, cuando le he dicho a mi amiga Laura que estabas aquí, nos ha invitado a pasar el fin de semana en su chalet de Portofino. ¿Te apetece que vayamos?

—Pero es que el domingo tengo que estar en Vigàta.

—Hagamos una cosa. Salgamos mañana por la mañana, quedémonos allí el sábado y el domingo por la mañana, y después de comer te acompaño al aeropuerto.

—Muy bien.

—¿Por qué has desconectado el teléfono?

—Porque no quería que me molestara ninguna llamada vigatesa.

Livia lo miró perpleja.

—Antes te desesperabas si no recibías noticias de Fazio o Mimì. ¿Sabes que has cambiado?

—Sí —reconoció.

Fueron a comer a la *trattoria* que el comisario había elegido como alternativa boccadassiana a la vigatesa de Enzo. Livia, antes de que les sirvieran, sacó el tema Mimì. Estaba preocupada.

—¿Cuándo te llamó Beba por última vez? —preguntó Montalbano.

—Hace tres días.

—Ya verás como en su próxima llamada te dice que las cosas van mejor.

—¿Mimì ha terminado las vigilancias?

—Todavía no, por desgracia. Pero, como sé que el jefe superior quiere elogiarlo por su comportamiento, ya verás cómo cambia su humor.

¿Sería posible que en la vida nunca se pudiera terminar de decir mentiras?

Llegó a Vigàta a las nueve, fue a cenar a Enzo y a las diez y media ya estaba en Marinella. Se cambió de ropa, se sentó en la butaca y encendió el televisor. Retelibera estaba ofreciendo el último reportaje sobre los desembarcos de inmigrantes ilegales. Televigàta, la milésima tabla redonda acerca de la construcción del puente de Messina. Faltaba todavía media hora para los telediarios, así que fue a dar un paseo por la orilla del mar.

Cuando regresaba, le pareció oír el timbre del teléfono. No echó a correr para contestar. Livia no podía ser, porque la había llamado desde la *trattoria*. Seguramente era Fazio. Cuando entró, encendió de nuevo el televisor y sintonizó Televigàta. Estaba más que seguro de que Mimì, en su ausencia, habría tomado alguna iniciativa, y Fazio no lo había informado a tiempo porque no había podido ponerse en contacto con él en Boccadasse. En efecto, la noticia que él esperaba fue la primera que dieron.

«Están previstas nuevas y espectaculares derivaciones del caso del hombre asesinado y troceado en la zona del *critaru*», empezó el presentador, leyendo el sumario.

Después enumeró las restantes noticias que facilitaría en orden de importancia (colisión mortal en la Montelusa-Palermo; robo de ovejas en Fela; atraco en un supermercado de Fiacca; niño de tres años caído del balcón de un cuarto piso en Montelusa resulta ileso, según la madre gracias a la milagrosa intercesión del padre Pío; detención de dos diputados regionales por colusión con la mafia), y después regresó a la primera, ilustrada con tomas que mostraban la zona del *critaru*, al señor Pasquale Ajena indicando el lugar donde había visto la bolsa con el muerto, a la señora Dolores, bellísima y llorosa, sostenida por el fiscal Tommaseo, el cual no conseguía disimular el placer que experimentaba manejando toda aquella bendición de Dios; a Mimì glorioso y triunfante, mostrando un minúsculo objeto que sólo después Montalbano comprendió que era el famoso puente que Alfano se había tragado; a Fazio, que daba un salto acrobático para salir del encuadre.

La esencia de la noticia se reducía al hecho de que la señora Dolores no había conseguido identificar el cadáver, «pero el corazón le dice que aquellos pobres restos son sin duda los de su marido», y que sería posible recurrir a la prueba de ADN porque en el lavabo del cuarto de baño del apartamento de Gioia Tauro la Científica de Reggio Calabria había encontrado restos de sangre. En efecto, la señora Dolores recordaba que la mañana del pseudoembarque su marido se había cortado mientras se afeitaba con la navaja. Montalbano se sorprendió, pues en el cuarto de baño de via Gerace no había visto sangre, ni en las fotografías ni en persona; quizá la Científica se había encargado de limpiarlo todo. Al final del telediario, la palabra pasó a Pippo Ragonese, el culo de gallina y comentarista principal de Televigàta.

«Sólo unas palabras para subrayar lo evidente que ha sido para todo el mundo el hecho de que, en cuanto las investigaciones del crimen del *critaru* han pasado del comisario Montalbano a su subcomisario, el *dottor* Domenico Augello, han hecho un notable avance. En efecto, en el transcurso de poco más de veinticuatro horas, el *dottor* Augello, bajo la guía del ministerio público Tommaseo, ha conseguido identificar con casi absoluta certeza al hombre horriblemente asesinado. Cabe señalar también que en este caso en concreto ha sido la estrecha colaboración entre el ministerio público Tommaseo y su compañero de Reggio Calabria lo que ha arrojado resultados tan destacados. El *dottor* Augello nos ha señalado que la modalidad del homicidio evoca los viejos rituales mafiosos, actualmente considerados en desuso. No ha querido dar nombres, pero está claro que el brillante subcomisario ya tiene una idea al respecto. En todo caso, mientras celebramos el buen trabajo del *dottor* Augello, aprovechamos para abrigar la ferviente esperanza de que el comisario Montalbano siga inhibiéndose en esta investigación. Y ahora pasemos a la detención de dos diputados regionales de centroderecha por sospecha de colusión con la mafia. Profesamos un profundo respeto a la magistratura, pero no podemos dejar de constatar que ésta actúa siempre, y de buen grado, en dirección única. ¿Será posible, nos preguntamos, que honrados ciudadanos...?»

Apagó el televisor. Todo había ido tal como él imaginaba, no había fallado ni un solo paso. Había empezado una partida de ajedrez y hecho la primera jugada (en realidad, a través de Mimì, jugador involuntario). Tendría que estar satisfecho; sin embargo, no lo estaba. Se avergonzaba de su comportamiento, pero no se le había ocurrido otro camino. Ahora sólo podía fingirse enfadado con Mimì y esperar que quien tuviera que moverse se moviera. Porque seguro que alguien se sentiría aludido por las palabras de Ragonese y reaccionaría. Lo cual significaba la segunda jugada de la partida.

Sonó el teléfono. Fazio.

—¡Ah, *dottore*, por fin! Lo he llamado hace casi una hora y...

—He oído el teléfono, pero no he llegado a tiempo.

—¿Ha visto el telediario?

—Sí.

—*Dottore*, usted no tiene ni idea de las veces que lo he buscado en Boccadasse para advertirle que el *dottor* Augello...

—Te creo, te creo. Como un imbécil, me dejé el móvil aquí, y en Boccadasse estuve siempre fuera de casa. Perdóname, ha sido culpa mía.

—Debe saber que mañana por la mañana temprano el *dottor* Augello se reúne con el *dottor* Tommaseo y el señor jefe superior.

—Deja que se reúnan y vete a dormir tranquilo. Ah, oye: ¿Mimì ha sabido que yo estuve en Gioia Tauro?

—¿Y quién iba a decírselo?

• • •

Augello se presentó en la comisaría bien entrada la mañana. No parecía muy contento con la reunión celebrada en Montelusa.

—Mimì, ¿qué coño has armado?

—¡¿Yo?!

—Sí, tú. Ayer oí a Ragonese en la televisión. Te había dicho que quería ser informado de todo lo que hicieras.

—Pero, Salvo, ¿cómo iba a informarte si no estabas? Además, ¿qué he dicho o hecho de nuevo? Me he limitado a comunicarle a Tommaseo lo que Fazio me trasladó.

—¿O sea?

—Que tú pensabas que el muerto era el marido de Dolores Alfano, y que lo había matado la mafia por ser un correo que los había traicionado. Ni una palabra más ni una palabra menos.

Tendría que haber abrazado a Mimì y haberle dado las gracias, pero no podía.

—Pero se lo has dicho a los periodistas.

—He recibido autorización de Tommaseo.

—Vale. ¿Qué tal ha ido la reunión de esta mañana?

—Mal.

—¿Por qué?

—Porque Tommaseo quiere actuar con mucha cautela respecto a Balduccio Sinagra. Dice que actualmente no tenemos nada seguro. Pero yo me pregunto: ¿por qué? ¿Balduccio Sinagra no es un delincuente mafioso y asesino?

—¿Y eso qué significa, Mimì? De acuerdo que es un asesino, pero si no fue él quien mandó matar a Alfano, ¿tú quieres endosarle el crimen de todos modos? ¿Dices que da igual uno más o uno menos? Pues no.

—¡Pero bueno! ¿Ahora te pones a defenderlo?

Fue un fogonazo. Recordó un momento de la pesadilla de unas noches atrás, cuando Riina le había ofrecido el Ministerio del Interior.

—Mimì, no digas chorradas —replicó, dirigiéndose mentalmente a Riina—. No estoy defendiendo a un mafioso; estoy diciendo que hay que tener cuidado al acusar a alguien, mafioso o no, de un delito que puede no haber cometido.

—Yo estoy convencido de que fue él quien mandó matar a Alfano.

—Pues entonces intenta convencer a Tommaseo. ¿Y de qué parte está el jefe superior?

—Está de acuerdo con Tommaseo. Me ha sugerido que hable con Musante.

—No creo que pueda serte útil. ¿Cómo están Beba y el pequeño?

—Bien.

Mimì se levantó para retirarse, pero Montalbano lo paró antes de que abriera la puerta.

—Mimì, perdona, hace tiempo que quiero hacerte una consulta, pero como últimamente no hemos podido hablar...

—Dime.

—¿Tú sabes por casualidad algo de tres personas que viven en Catania...? —El comisario se interrumpió, abrió el primer cajón de la izquierda, sacó la primera hoja de papel que encontró y fingió leer—. ¿Tres personas que se llaman Bonura, Pecorini y Di Silvestro?

Una vez formulada la pregunta, Montalbano se sintió como suspendido al borde de un precipicio. Miró a Mimì con los ojos apuntados como cañones de escopeta y esperó que su rostro no revelara lo que sentía. El primer nombre y el último se los había inventado. Mimì parecía perplejo.

—Espera. Creo que de un tal Di Silvestro nos encargamos el año pasado, ya no recuerdo por qué. A los otros dos jamás los he oído nombrar. ¿Por qué te interesan?

—Hace tiempo tuve que ver con ellos por un intento de homicidio. Pero no tiene importancia, adiós.

Había sido una pregunta peligrosísima, pero se alegraba de haberla hecho. Si Mimì hubiera contestado que conocía a Pecorini, su situación a ojos del comisario se habría agravado considerablemente. O sea, que Dolores no le había hablado de su pasada historia con el carnicero. Bien mirado, no le convenía. Y, lo más importante, tampoco le había dicho que el chalet de sus encuentros amorosos era de Pecorini. Montalbano experimentó una alegría tan grande que se sorprendió de estar silbando, cosa que jamás había sido capaz de hacer.

La segunda jugada se llevó a cabo entrada la noche, cuando se disponía a ir al cuarto de baño para desnudarse y meterse en la cama.

—¿Comisario Montalbano?

—Sí.

—Lamento profundamente verme obligado a llamarlo a esta hora, irrumpiendo en la intimidad de su hogar, quizá después de una jornada de duro trabajo...

Montalbano reconoció a su interlocutor. No sólo por la voz sino también por su manera de hablar, por las frases relamidas, hechas de curvas y recodos. Pero había que respetar las reglas del juego.

—¿Puedo saber con quién hablo?

—Soy el abogado Guttadauro.

La primera vez que trató con él, Montalbano pensó que un gusano tenía más sentido de la honradez que Orazio Guttadauro, el hombre de confianza de Balduccio Sinagra. En sus posteriores contactos con el abogado, había llegado al convencimiento de que hasta un cagarro de perro tenía más sentido de la honradez.

—¡Mi querido letrado! ¿Cómo está su amigo y cliente?

No hacía falta mencionar ningún nombre. Guttadauro lanzó un penoso suspiro. Después lanzó otro. Y después contestó:

—¡Qué pena, *dottore* de mi alma, qué pena!

—¿No está bien?

—No sé si usted sabe que hace unos meses estuvo muy mal.

—Me lo dijeron.

—Después se recuperó bastante, por lo menos físicamente, gracias a Dios.

Montalbano se planteó una sutil cuestión teológica: ¿a Dios había que darle las gracias por permitir que se restableciera un pluriasesino como Balduccio?

—Pero en ocasiones —añadió el abogado— ya no le rige demasiado la cabeza. A veces alterna los momentos de lucidez con, ¿cómo le diría?, momentos de confusión, de falta de memoria... ¡Qué pena, comisario! ¡Esa mente tan preclara!

¿Tenía que unirse al pesar? Decidió que no. Y tampoco tenía que preguntar el motivo de la llamada.

—Bueno pues, abogado, me despido y...

—Comisario, si me lo permite, debo solicitarle un favor en nombre de mi cliente y amigo.

—Si puedo.

—A él le agradaría mucho verlo. Me ha dicho que, antes de cerrar los ojos para adentrarse en la eternidad, le gustaría mucho reunirse una vez más con usted. Ya sabe la estima, muy alta, que le profesa. Dice que los hombres de tan ejemplar e inmaculada honradez como usted deberían...

«... ejercer como ministro del Interior», pensó Montalbano, pero en cambio dijo:

—Probablemente un día de éstos...

—No, comisario, si me lo permite. Resulta obvio que no he sabido explicarme. Él desearía verlo enseguida.

—¡¿Ahora?!

—Justamente ése es el término apropiado. Ya sabe cómo son los ancianos, por más venerables que resulten: se vuelven testarudos, caprichosos. Tenga la bondad de no darle un disgusto, una decepción a este gran hombre... Si usted es tan amable de abrir la puerta de su casa, encontrará un coche aguardándolo. No tiene más que subir. Lo esperamos. Con el placer anticipado de verlo dentro de muy poco.

Colgaron simultáneamente. Habían conseguido hablar durante un cuarto de hora sin mencionar el nombre de Balduccio Sinagra. Montalbano se puso la chaqueta y abrió la puerta. En medio de la oscuridad, el coche, que debía de ser negro, no se veía. Pero el motor encendido ronroneaba como un gato.

El abogado le abrió la puerta del coche, lo hizo entrar en el chalet y lo acompañó al dormitorio de don Balduccio. La habitación parecía de hospital y olía a medicinas. El viejo estaba tumbado con los ojos cerrados, con tubos de oxígeno acoplados a la nariz; junto al cabezal había una bombona enorme. Y al lado de la bombona había un hombre de casi dos metros de estatura y anchura, una especie de armario provisto de piernas. Guttadauro se inclinó sobre el viejo y le murmuró unas palabras. Don Balduccio abrió los ojos y le tendió una mano transparente a Montalbano. Éste se la estrechó apenas, temiendo que, si apretaba, aquella mano se rompiera como el cristal. Después don Balduccio le hizo señas al armario humano, el cual, en un periquete, accionó una manivela que elevó un poco la cama y luego incorporó al mafioso hasta dejarlo sentado. Le colocó tres almohadas en la espalda, le quitó los tubos, cerró la bombona, puso una silla muy cerca de la cama y por fin se retiró.

El abogado permaneció de pie, apoyado en una consola.

—Ya no puedo leer, la vista no me responde —empezó don Balduccio—. Y por eso hago que me lean los periódicos. Parece que en Estados Unidos han llegado a mil las condenas a muerte cumplidas.

—Pues sí —dijo el mundano Montalbano, sin sorprenderse ante aquel inicio de conversación.

—A uno lo han amnistiado —terció Guttadauro—. Pero enseguida lo han compensado matando a otro en otro estado.

—¿Usted, comisario, está a favor o en contra? —preguntó el viejo.

—Yo estoy en contra de la pena de muerte.

—No podía dudar de alguien como usted. Yo también estoy en contra.

¿Cómo en contra? ¿Acaso la decena larga de personas que había mandado matar no habían sido condenadas a muerte por él? ¿O don Balduccio establecía diferencias cuando la muerte la ordenaba él y cuando la ordenaba la ley?

—Pero antes estaba a favor —añadió el viejo.

Aquello tenía más sentido. ¿Cuántos verdugos implacables había tenido en nómina en el pasado?

—Hasta que me di cuenta de mi error, porque la muerte no tiene remedio. Me convencí por una cosa que me ocurrió hace muchos años con uno de mis parientes en Colombia... Orazio, amigo mío, ¿me alcanzas un vasito de agua?

Guttadauro así lo hizo.

—Tiene que perdonarme, pero es que me canso mucho hablando... Me dijeron que este pariente mío se dedicaba a sus intereses en lugar de a los míos; yo lo creí y cometí un error, di una orden equivocada. ¿Me explico?

—Perfectamente.

—Era más joven, no reflexioné. Al cabo de menos de seis meses supe que lo que me habían contado de ese hombre no era verdad. Pero el daño ya estaba hecho y no había marcha atrás. ¿Cómo podía compensarlo? Había una sola manera: convertir a su hijo en hijo mío. Y darle una vida limpia. Y ese muchacho me ha querido a pesar de que... y nunca habría cometido un fallo conmigo... ni jamás me habría dado un... un disgus... disgusto. Ya no... no puedo... más.

Era evidente que le faltaba el resuello.

—¿Quiere que siga yo? —preguntó Guttadauro.

—Sí. Pero antes...

—Comprendo. ¡Gnazio!

Instantáneamente apareció el armario. El gigante inclinó la cama, quitó una almohada, introdujo los tubos en las fosas nasales del viejo, abrió la bombona y por fin se retiró.

Entonces Guttadauro prosiguió.

—Antes de embarcarse, Giovanni Alfano, pues usted ya habrá comprendido que estamos hablando de él, vino aquí con su mujer para despedirse de don Balduccio.

—Lo sé, la señora Dolores me enseñó las fotografías.

—Bien. En aquella ocasión don Balduccio llamó aparte a Giovanni para darle una cosa. Una carta. Para que se la entregara personalmente a un amigo de Villa San Giovanni, que lo esperaría en determinado lugar. Y le rogó que no dijese nada a nadie, ni siquiera a su mujer, acerca de esa carta.

—¿Y qué ocurrió?

—Ocurrió que hace apenas diez días don Balduccio se enteró de que la carta no se había entregado.

—¿Cómo tan tarde?

—Bueno. Primero vino la enfermedad de mi amigo, después la larga hospitalización; luego, la persona que tenía que recibir la carta no pudo ponerse en contacto con nosotros a causa de un incidente... Un desconocido le pegó tres tiros, pero por equivocación, ¿sabe?...

—Entiendo. ¿Era una carta importante?

—Mucho —respondió el viejo desde la cama.

—¿Y usted le había dicho a Alfano lo importante que era?

—Sí —resolló don Balduccio.

—¿Puedo saber qué ponía?

Guttadauro miró al viejo. Y éste asintió con la cabeza, autorizándolo a hablar.

—Verá, comisario, don Balduccio tiene negocios muy amplios... La carta contenía, ¿cómo decirlo?, instrucciones para un eventual acuerdo con sociedades competidoras que actúan en Calabria...

Un buen acuerdo entre la mafia y la 'ndrangheta, vaya.

—Pero ¿por qué no la enviaron por correo?

De la cama surgió un ruido extraño, una serie de ji ji a medio camino entre un estornudo y un hipido por exceso de vino. Montalbano comprendió que el viejo se estaba riendo.

17

—¿Enviarla por correo? Me sorprende usted, estimado comisario —dijo el abogado—. Tal como sabe, desde hace años mi amigo es objeto de una auténtica persecución policial y judicial, le interceptan las cartas, le hacen registros sorpresa, lo detienen sin ninguna razón convincente... Cometen actos de terrorismo de Estado contra él, eso es.

—¿Y cuál es su opinión sobre el fallo en la entrega?

—Nuestra opinión es que Giovanni no estuvo en condiciones de realizarla.

—¿Por qué?

—Porque muy probablemente Giovanni jamás cruzó el estrecho.

—¿Y dónde debió de quedarse?

—Según nosotros, en Catania.

O sea, que así habían ido las cosas según Balduccio y Guttadauro.

—Pero ustedes... ustedes ¿por qué no intentaron averiguar qué había ocurrido? Don Balduccio tiene muchas amistades, fácilmente habría podido...

—Mire, estimado comisario, no se trataba de saber qué había ocurrido. Don Balduccio lo intuyó... me lo contó como si hubiera estado presente, algo realmente impresionante... En todo caso se trataba de confirmar ciertas intuiciones.

—De acuerdo, es lo mismo, ¿por qué no buscaron ustedes esa confirmación?

—La mierda yo... no la toco... con las manos —contestó el viejo con un gran esfuerzo.

El abogado Guttadauro hizo la traducción:

—Don Balduccio consideró que la resolución de esta historia le competía de pleno derecho a la ley.

—¿Y por eso tenía que coger yo la mierda con mis manos?

Guttadauro extendió los brazos.

—Eso esperábamos. Pero al llegar a ese punto, usted se inhibió a favor de su subcomisario.

—El cual está cometiendo... un error... muy grande —agregó el viejo en tono de reproche.

—No podemos permitir de ninguna manera que siga equivocándose mucho más —apostilló el abogado en tono concluyente.

—Estoy muy cansado —dijo don Balduccio cerrando los ojos.

Montalbano se levantó y abandonó la habitación, seguido de Guttadauro.

—No me ha gustado nada esa última frase —le espetó al abogado.

—Tampoco a mí, que soy quien ha tenido que pronunciarla. Pero no se la tome como una amenaza, estimado comisario. Don Balduccio todavía no lo sabe, porque yo he ordenado que no se lo contaran, pero yo lo sé.

—¿A qué se refiere?

—A que su subcomisario y Dolores... digamos que se ven. Nos interesa a todos que esta historia concluya cuanto antes.

Guttadauro lo acompañó hasta el coche, le abrió la puerta, la cerró cuando él se sentó, y se inclinó con una reverencia cuando el automóvil se puso en marcha.

• • •

Era tarde, pero no le apetecía dormir. Tenía que pensar mucho. Fue a la cocina y preparó la consabida cafetera para seis. O sea, que Guttadauro sabía lo de Dolores y Mimì. Y le había dado una especie de ultimátum provisional con el que no se podía bromear. ¿Cómo reaccionaría Balduccio si se enterara de la aventura de Dolores con el subcomisario que lo estaba investigando? Seguramente muy mal. Porque comprendería que Mimì trabajaba a favor de Dolores. Jamás creería en la buena fe de Augello. Y la cosa podría seguir un camino peligroso. El café ya estaba hecho. Montalbano llenó una taza y se la bebió despacio. No era cuestión de estar en la galería, pues hacía demasiado frío. Se sentó a la mesa del comedor, con papel y pluma al alcance de la mano. En esencia, ¿qué le había dicho Balduccio? En primer lugar, le había hecho una auténtica confesión, es decir, que había sido él quien ordenó matar a Filippo Alfano en Colombia, convencido de que lo traicionaba. Al reconocer el homicidio, se había puesto en sus manos. Pero seguramente Balduccio había hecho esa confesión con un segundo propósito. ¿Cuál? Montalbano escribió: «Informarse de cuándo y cómo fue asesinado Filippo Alfano. Encargar la investigación a Catarella.»

En segundo lugar, y eso era muy importante, el viejo le había dicho que, tras comprender su error, se había hecho cargo de Giovanni, el hijo de Filippo, proporcionándole estudios y asegurándole «una vida limpia». En otras palabras, lo había mantenido al margen de las actividades mafiosas. Por consiguiente, Giovanni no era un correo. Ésa era una de las razones por las que Balduccio había querido que fuera a verlo: para decírselo en persona. Al viejo mafioso le desagradaba que se manchara la memoria de Giovanni. Pero ¿qué significaban entonces los restos de cocaína en aquella caja de zapatos? Esa cocaína no era para uso personal, pues los amigos de Giovanni afirmaban que él no consumía drogas. A lo mejor la esnifaba Dolores. También estaba lo que Balduccio no había dicho: no había mencionado ni una sola vez el nombre de Dolores. Y eso significaba algo, ciertamente. A menudo los silencios de los mafiosos dicen más que las palabras. Otro punto: Balduccio creía que Giovanni no había podido entregar la carta porque ni siquiera había cruzado el estrecho. En su opinión, se había quedado en Catania. Pero ¿cómo podía afirmarlo si la sangre en el lavabo probaba la presencia de Giovanni en Gioia Tauro? Último punto: Balduccio, al considerar toda aquella historia una «mierda» y declarar que no quería encargarse de ella, daba paso a la ley con un objetivo concreto pero no declarado (el verdadero objetivo, en las palabras de los mafiosos, siempre se ocultaba detrás de un objetivo que parecía erróneamente primario). El viejo quería que los responsables del asesinato de Giovanni acabaran en la cárcel después de un proceso público que mostrara a todos su suciedad y crueldad. Si se encargara del asunto el propio mafioso, los culpables lo pagarían indudablemente, pero desaparecerían en silencio, serían asesinados por la *lupara* blanca, con la escopeta de caza de cañones recortados utilizada tradicionalmente en los crímenes mafiosos, y después se haría desaparecer sus cadáveres. En resumen, su objetivo era el uso de la ley como refinada forma de venganza, consistente en el escarnio y puteo públicos.

Balduccio tuvo la certeza de que Giovanni estaba muerto nada más enterarse de que la carta no había sido entregada. Aquella omisión fue para él más clara que una prueba evidente. Porque, bien mirado, toda aquella historia estaba hecha de objetos ausentes o presentes. Una carta en mano no entregada. Un ramo de rosas que no se recoge por la noche, pero que al día siguiente ya no está. El polvo fuera de lugar en el mueblecito del recibidor. Un cubo de basura que debe contener los restos de una comida y que, en cambio, está vacío. Un recibo de Enel sin pagar. Una jeringa manchada de sangre...

¡Un momento, Montalbano! ¡Quieto ahí!

¡El cubo de la basura de via Gerace era de plástico! ¿Seguro? Seguro. Pues si era de plástico, grandísimo idiota, no podía tener el fondo oxidado. ¡Lo que viste no era herrumbre, sino sangre seca! ¡Sangre salida de la jeringa cuando la arrojaron al cubo de la basura! Anotó: «Telefonear por la mañana a Esterina Trippodo.»

Entonces comprendió clarísimamente las jugadas que habría que hacer a continuación. Siguió escribiendo: «Llamar a Macannuco, ponerlo al corriente de todo y sugerirle las cosas que tendría que hacer.»

En cuanto terminó la frase, se sintió un poco cansado. Cansado pero satisfecho. Y estuvo seguro de que, si se acostaba, conciliaría el sueño enseguida.

Lo despertó un estruendo en la cocina. Miró el reloj: las nueve y media. ¡Virgen santa, qué tarde era!

—¡Adelina!

—*Dutturi*, ¿qué hice, lo desperté? ¡Dormía como un angelito!

—¿Me preparas un café como Dios manda?

Montalbano se levantó, pero en lugar de encerrarse en el cuarto de baño, fue al comedor y marcó el número de información. Le contestó una horrenda voz femenina grabada. Al final la robot le indicó el número que deseaba. Antes de marcarlo, se bebió el café. Y antes de que le contestaran al otro extremo de la línea, tuvo tiempo de recitar las tablas del siete, el ocho y el nueve. Por fin respondió una voz de mujer.

—¿Sí?

—Oiga, ¿hablo con la señora Esterina Trippodo?

—Si llamas a mi número particular, ¿quién coño quieres que te conteste?

¡Siempre con su delicada gracia aquella mujer!

—Soy el comisario Montalbano. ¿Se acuerda de mí?

—Cómo no. ¡Viva el rey!

—¡Viva! Tendría que pedirle un favor, señora.

—A su disposición. Si no nos ayudamos entre nosotros, los que confesamos el mismo credo...

—Necesito que coja usted el cubo de la basura de los Alfano, tal como está, y se lo lleve a casa. ¡Por el amor de Dios, no lo lave! ¡No le quite la tapa! Durante el día irá mi compañero Macannuco a recogerlo.

—¡No, Macannuco no!

—Se lo ruego en nombre del credo común, Esterina.

Tardó un cuarto de hora largo en convencerla, maldiciendo para sus adentros cada vez que tenía que cantar las alabanzas de los Saboya. Después llamó a la comisaría.

—¡A sus órdenes, *dottori*!

—Catarè, iré tarde al despacho.

—Usía manda.

—Si está Fazio, pásamelo.

Tabla del tres.

—Dígame, *dottore*.

—Fazio, ¿Mimì está en su despacho?

—No; se ha ido a Montelusa a ver al *dottor* Musante.

—Oye, necesito averiguar una cosa esta mañana y no quiero que Mimì sea informado. ¿De acuerdo?

—Como quiera.

—Tienes que buscarme en qué fecha exacta mataron a Filippo Alfano en Colombia.

—Seguramente en el registro civil de aquí habrá constancia de los datos del deceso.

—Muy bien, cuando lo tengas todo, se lo das a Catarella. Durante la mañana, él debe buscar a través de Internet qué periódicos había en Colombia por aquel entonces y establecer contacto con uno de ellos.

—¿Para qué?

—Quiero conocer exactamente las circunstancias de la muerte de Filippo Alfano.

Fazio guardó silencio un instante.

—*Dottore*, me parece recordar que quien me contó la historia de Filippo Alfano me dijo también que de eso habían hablado los periódicos de aquí.

—Mejor. En resumen, de una o de otra manera, quiero una respuesta.

Después llamó a Macannuco, con el que habló una media hora. Al final estuvieron de acuerdo en todo menos en un detalle.

—¡No! ¡Yo a ésa no le digo el viva el rey!

—Macannù, pero ¿qué coño te importa? Díselo y verás cómo se pone a tu disposición.

Ahora había que preparar la tercera jugada, que debía hacer a ciegas y que por eso era la más peligrosa, pero también era la que, si acertaba, lo resolvería todo.

—¡Adelina!

—¿Qué hay, *dutturi*?

—Coge papel de carta y escribe.

—¿Yo? Ya sabe que con lo de escribir...

—No importa. Hagamos una cosa; yo te lo anoto en una hoja y tú lo copias en otra en blanco. ¿De acuerdo?

Cogió una hoja y escribió con mayúsculas:

LA JERINGA QUE TÚ SABES LA TENGO YO. ADIVINA QUIÉN SOY. A VER SI DAS SEÑALES DE VIDA Y NOS PONEMOS DE ACUERDO.

—¡Virgen santa! —exclamó Adelina—. ¡Qué largo es esto!

—Tómatelo con calma. Yo voy al cuarto de baño.

Tardó casi una hora a propósito. En efecto, cuando salió, Adelina acababa de terminar.

—Toda sudada estoy, *dutturi*. ¡Virgen santa, qué trabajo! ¿Tengo que poner la firma?

—No, Adelì; ¡es una carta anónima!

Ella lo miró asombrada.

—¡Vaya! ¿Y usía, hombre de ley, me hace escribir una carta nónima?

—¿Sabes qué decía Maquiavelo?

—No, señor, no lo conozco. ¿Qué decía?

—Que el fin justifica los medios.

—Nada entendí; mejor vuelvo a la cocina.

LA JERINCA QUE TU SABES LA TENCO YO. ADIVINA QUIEN SOY. AVER SI DAS SEÑALES DE VIDA YNOS PONEMOS DE ACUERDO.

Perfecto. Metió el anónimo en un sobre y lo cerró. Después escribió una nota.

Querido Macannuco:

Desde Gioia Tauro tienes que enviar por correo urgente la carta que te adjunto a esta dirección: Dolores Alfano, via Guttuso, 12, Vigàta.

Chao,

Salvo

Introdujo la nota y la carta en un sobre más grande, puso la dirección de Macannuco y se lo guardó en el bolsillo.

—Hasta luego, Adelì.

—¿Qué le preparo para comer?

—Lo que quieras. Total, cualquier cosa que hagas estará buena.

Se detuvo en el primer estanco que encontró, compró un paquete de cigarrillos y un sello de correo urgente. Franqueó el sobre y lo echó al buzón, confiando en que correos no tardara, como de costumbre, ocho días en entregar rápidamente una carta a doscientos kilómetros de distancia.

Catarella estaba tan ocupado con el ordenador que ni siquiera se dio cuenta de que entraba el comisario. Éste estuvo a punto de chocar con Fazio en el pasillo.

—Ven a mi despacho. Cierra la puerta. ¿Y bien?

—*Dottore*, lo recordaba bien. Del asesinato de Filippo Alfano se encargó *Il giornale dell'Isola*. La cosa se remonta al dos de febrero de hace veintitrés años; ésa es la fecha de la defunción que figura en el registro civil.

—¿En resumen?

—En resumen, Catarella se ha puesto en contacto con el archivo del periódico.

—Confiemos en que así sea. ¿Noticias de Mimì?

—Aún no ha regresado.

—Muy bien, gracias.

Pero Fazio no se movió.

—*Dottore*, ¿qué es esta historia?

—¿Cuál?

—La de que le encomienda la investigación al *dottor* Augello y usted hace otra paralela por su cuenta.

—Pero ¡si yo no estoy haciendo ninguna investigación paralela! Se me ha ocurrido una idea que a lo mejor puede servir de algo. ¿O acaso no puedo pensar porque le he encomendado el caso a Mimì?

Fazio no pareció convencido.

—*Dottore*, no consigo quitarme de la cabeza si fue verdaderamente una coincidencia que usted me preguntara por Dolores Alfano antes de que ella viniera aquí a hablarnos del marido, y tampoco consigo quitarme de la cabeza que me preguntara por Pecorini antes incluso de que nos enteráramos de que el carnicero y la señora Dolores habían tenido una aventura. ¿No le parece que ha llegado el momento de decirme cómo están realmente las cosas?

¡Qué buen policía era Fazio! Montalbano se lo jugó a pares y nones. Y llegó a la conclusión de que lo mejor era contarle una parte de la verdad.

—Si te pregunté por Dolores y por Pecorini no fue por el asesinato de Giovanni Alfano, sino por otra cosa.

—¿Cuál?

—Me enteré de que Mimì, desde hace más de dos meses, tenía una amante.

Fazio soltó una risita.

—Conociéndolo, había sido fiel a su mujer demasiado tiempo.

—Sí, pero verás, he descubierto que la amante de Mimì es Dolores Alfano y que se reúnen en un chalet propiedad de Pecorini.

—¡Coño! ¿Y siguen siendo amantes incluso ahora?

—Sí.

Fazio se quedó sin aliento.

—Y usía... usía... sabiendo eso... ¿le ha dado la investigación a pesar de todo?

—Bueno, ¿qué tiene de extraño? Quien ha matado a Alfano es la mafia. ¿No estás de acuerdo?

—Eso parece.

—Si sospecháramos que Dolores tiene algo que ver con la muerte de su marido, entonces las cosas cambiarían y Mimì se encontraría en una situación cuando menos difícil.

—Un momento, *dottore*. ¿El *dottor* Augello sabe que usted sabe?

—¿Que tiene una amante y que esa amante es Dolores? No, no lo sabe.

—Yo es que no me aclaro. ¡Parecía una mujer tan enamorada de su marido! ¿Y ya era amante del *dottor* Augello antes incluso de tener dudas sobre la desaparición de su marido?

—Sí.

—¡Pues entonces ha estado fingiendo con nosotros!

—Sí. Y sigue haciéndolo.

—Perdone, pero la cabeza me va a estallar. ¿Por qué el *dottor* Augello estaba tan empeñado en encargarse de esta investigación? ¿Para hacerle un favor a su amante? Pero ¡si todavía no sabíamos quién era el muerto! A no ser que...

—¡Bravo! A no ser que Mimì ya lo supiese porque Dolores le hubiera dicho quién, a su juicio, podía ser el muerto.

—Pero eso significa que...

' —Están arañando la puerta —lo interrumpió Montalbano—. Ve a ver.

Fazio se levantó y fue a abrir. Era Catarella.

—¡Con las uñas llamé y no di ni un golpe! —se ufanó con alegría. Dejó una hoja de papel encima de la mesa—. Aguí está la *gopia* del *artígulo*.

Mientras Catarella se retiraba, Montalbano empezó a leer en voz alta.

HORRENDO DELITO EN EL PUTUMAYO
Comerciante vigatés asesinado y troceado

Un comerciante vigatés de cincuenta y dos años, Filippo Alfano, fue asesinado ayer en su despacho de Amatriz, 28. El cadáver lo descubrió la señora Rosa Almù, que todos los días sobre las 20 horas acude allí a hacer la limpieza. La señora, al ver lo que contenía la bañera, se desmayó. Cuando se recuperó, llamó a la policía. Filippo Alfano fue asesinado con toda certeza, pero no se sabe cómo. Tendrá que establecerlo la autopsia, porque el cadáver fue troceado con inaudita ferocidad. Alfano, que se había trasladado a Colombia desde Sicilia hace dos años, deja esposa y un hijo.

—¿Apostamos a que los trozos eran treinta? —preguntó Montalbano.

—Eso significa sin duda que don Balduccio está detrás de la segunda muerte —dijo Fazio.

Montalbano pensó que, efectivamente, Balduccio le había confesado el asesinato de Filippo Alfano, pero sin mencionar el pequeño detalle de que mandó trocearlo en treinta pedazos, como los denarios de Judas. He aquí por qué había confesado el crimen: tenía la certeza de que Montalbano lo comprobaría. Balduccio había olvidado ese detalle a propósito. En cuanto el comisario descubriera la atrocidad cometida con el cuerpo de Filippo Alfano, se convencería de que la repetición de la venganza era como falsificar una firma copiándola.

—Llévate este artículo y guárdalo.

—¿No tengo que entregárselo al *dottor* Augello?

—Cuando yo te lo diga.

—Disculpe, *dottore*, pero creo que este artículo confirma que es precisamente Balduccio quien...

—Cuando yo te lo diga —repitió fríamente Montalbano.

Fazio se guardó la hoja en la chaqueta, pero cada vez estaba más receloso.

—¿Cómo tengo que comportarme con el *dottor* Augello?

—¿Cómo quieres comportarte? Como siempre.

—*Dottore*, todavía tengo unas cien preguntas que hacerle.

—¿No te parecen demasiadas? Ya tendrás tiempo de hacérmelas.

—¿Usía regresa esta tarde?

—Sí, pero no muy pronto. Después de comer me voy a Marinella. Si necesitas algo, me encontrarás en casa.

Perdido en las posibles complicaciones de lo que había decidido hacer, comió tan desganado que Enzo se dio cuenta.

—¿Qué pasa, *dottore*? ¿No tiene apetito?

—Tengo unas cuantas preocupaciones.

—Mal, *dottore*. El comer, como la minga, no quiere preocupaciones.

Dio el habitual paseo, pero al llegar a la altura del faro no se sentó en la roca, sino que dio media vuelta y se marchó a Marinella.

Había acordado con Macannuco que éste lo llamaría a las cuatro. No quería que lo llamaran al despacho; demasiada gente que entraba y salía. A las cuatro en punto, sonó el teléfono.

—¿Montalbano? Soy Macannuco.

—¿Qué me dices?

—Que acertaste. Las manchas del fondo del cubo de la basura son seguramente de sangre. El cubo lo tiene ahora la Científica para comprobar si la sangre es la misma que la encontrada en el lavabo.

—¿Cuánto tardarán?

—Les he pedido que lo hagan lo antes posible. Me han asegurado que mañana por la mañana me darán una respuesta. ¿Y tú qué has hecho?

—Te he enviado la carta que tú tienes que volver a enviar aquí. Hazlo en cuanto la recibas. ¿Has hablado con tu ministerio público?

—Sí, me ha dado autorización para intervenir el teléfono. Están trabajando en ello.

—¿Le has pedido que no le diga nada a Tommaseo?

Si el ministerio público de Reggio Calabria hablara al respecto con su compañero de Vigàta, seguro que éste se lo comunicaría a Mimì. Y se haría una preciosa tortilla de cien huevos.

—Sí. Ha opuesto resistencia, pero al final ha aceptado.

—Mira que yo no tengo que aparecer nunca, ni ahora ni después.

—Tranquilo. No he mencionado tu nombre.

—¿Y con Esterina Trippodo cómo ha ido?

—Ha prometido colaborar. Dice que lo hace por ti.

—¿Le has dicho viva el rey?

—¡Ya os podéis ir a tomar por culo tú y la señora Trippodo!

18

Cuando llegó a la comisaría, hacia las cinco, encontró a Mimì fuera de sí.

—¡Claro que la mafia prospera entre nosotros si para luchar contra ella hay gente como Musante! ¡Cabrón e incompetente!

—Pero ¿puedes contarme cómo ha ido?

—Tenía cita con él a las nueve. Me hace esperar hasta las once y media. En cuanto nos ponemos a hablar, lo llaman. Vuelve al cabo de cinco minutos y dice que lo lamenta pero que tenemos que aplazar la reunión hasta la una. Me voy a dar una vuelta por Montelusa y a la una me presento. Me está esperando en su despacho. Yo le hablo de la investigación y le digo que todos los indicios convergen en Balduccio Sinagra.

»¿Y sabes qué hace él? Suelta una breve carcajada. Y me dice que para ellos es una vieja historia, que recibieron un anónimo que acusaba a Balduccio de haber mandado asesinar a un correo que vendía la droga por su cuenta, que hicieron indagaciones y llegaron a la conclusión de que Balduccio era ajeno a todo, que se trataba de algo para despistar. ¡Cabrones! Por si fuera poco, añade que no se encontró el cadáver del correo. Pero ahora sí, le digo yo, y tiene un nombre. Giovanni Alfano. ¿Y sabes qué me contesta?

—Mimì, si no me lo dices...

—Que no puede haber sido Balduccio porque éste tenía todo el interés del mundo en mantenerlo vivo. Y entonces alude a la historia de una carta que Alfano debía entregar a uno de Villa San Giovanni...

—¿Te ha dicho cómo se enteraron de lo de esa carta?

—Sí, era una trampa preparada por los de Antidroga. Lo habían dispuesto de tal modo que Balduccio se viera obligado a ponerse en contacto con este hombre. Esperaban la entrega de la carta para joder a Balduccio. Pero, como no fue entregada, consideran a Balduccio ajeno al asesinato de Alfano. No lo he entendido muy bien, la verdad.

—Yo tampoco. ¿Y qué piensas hacer?

—No me rindo, Salvo. ¡Tengo la certeza, la certeza absoluta, de que ha sido Balduccio! —replicó Mimì muy alterado.

¡Pobrecillo, a qué lo había reducido Dolores! Aquello era un verdadero engaño a alguien que, antes de conocerla, era un policía muy competente. Ella debía de pincharlo sin descanso, no lo dejaba tranquilo.

—Cuando interrogaste a la señora Alfano, ¿le preguntaste si su marido le había contado cómo mataron a su padre, Filippo?

—Sí. Me dijo que Giovanni le había contado que Balduccio había mandado eliminarlo con un disparo en la nuca.

—¿Y ya está?

Mimì pareció un poco perplejo.

—Sí. Un disparo y ya está. ¿Por qué?

Montalbano prefirió no contestar enseguida.

—¿Y cómo es que Giovanni no hizo nada contra Balduccio, sabiendo que era el responsable del asesinato?

—Dol... La señora Alfano dice que después Balduccio hizo y dijo tanto para que Giovanni lo perdonase que lo consiguió.

—¿Puedo darte un consejo?

—Por supuesto.

—Pregúntale a la señora si recuerda el nombre de algún periódico colombiano de la época. Después contacta a través de Internet con el archivo de ese periódico y pide que te envíen los artículos sobre el asesinato. Igual sale algo útil.

—Buena idea. Primero hablo con Dol... con la señora y después pongo en marcha a Catarella.

—Catarella mejor no —respondió—. Todos los que vienen a la comisaría pasan frente a su cubículo; no es prudente. ¿Por qué no lo investigas desde tu casa, con tu ordenador?

—Tienes razón, Salvo.

Y se marchó presuroso. Dolores le haría perder tiempo antes de fingir recordar el nombre de un periódico de veinte años atrás. Y entretanto Mimì estaría ocupado en esa búsqueda. Porque era importante que en los tres o cuatro días siguientes no tuviera alguna ocurrencia contra Balduccio.

Adelina le había preparado un plato especial. Cuatro rodajas de atún fresco a la brasa, poco hecho y con acompañamiento de quisquillas muy pequeñas, todo aliñado con *salmoriglio*. Con la tripa y el espíritu satisfechos, se sentó a la mesa y se puso a escribir.

Querido Macannuco:

Como pienso que la situación está a punto de resolverse a nuestro favor, te escribo para contarte cómo creo que fueron las cosas. Ya te comenté por teléfono la historia de Giovanni Alfano, cuyo padre Filippo dicen que fue eliminado por orden del capo vigatès Balduccio Sinagra. La mujer de Alfano, Dolores, que es colombiana, cuando lleva algún tiempo en Vigàta empieza a ser cortejada por un carnicero local, Arturo Pecorini, hombre violento e investigado por homicidio. En resumidas cuentas, se hacen amantes. Llegados a este punto, interviene Balduccio para tutelar el honor de Giovanni, que lleva tiempo ausente de Vigàta porque está embarcado. Balduccio está muy unido a Giovanni. En el pueblo se dice que mandó matar a su padre creyéndolo un traidor y sólo después se dio cuenta de que había cometido un terrible error. Pero son simples rumores; no hay pruebas de que fuera Balduccio quien ordenó su muerte. Balduccio obliga a Dolores a regresar a Colombia durante un tiempo, y fuerza a Pecorini, con amenazas, a trasladarse a Catania. Allí Pecorini abre otra carnicería, aparte de la que conserva en Vigàta, que confía a su hermano. Después de cierto tiempo, Dolores regresa a Vigàta y Pecorini también obtiene el permiso de venir aquí el sábado y el domingo. A los ojos de todo el mundo, la historia entre ambos parece acabada. Pero en realidad no es así. Los dos amantes siguen viéndose, desafiando todos los peligros. Ten en cuenta que el domicilio de Pecorini en Vigàta dista menos de cincuenta metros del de Dolores. Giovanni Alfano está muy enamorado de su esposa; cuando está con ella se resarce, también y sobre todo sexualmente, de la obligada lejanía. Dolores ya no lo soporta. Y por eso, ella y su amante deciden eliminar a Giovanni haciendo que la culpa recaiga en Balduccio. Ésa habrá sido una idea del carnicero para vengarse. Alfano no sabe nada de la historia entre su mujer y Pecorini, porque Balduccio, en su momento, instó a los amigos de Giovanni a que no le hablaran del asunto, pues no quería causarle ningún dolor. La mañana del viernes 3 de septiembre, Giovanni y su mujer se van a Gioia Tauro con el coche de ella. Dolores le dice que la víspera la había llamado un amigo de Catania que, sabiendo que pasarían por allí para ir a Gioia Tauro, los invita a comer. Esto lo supongo yo; puede que Dolores encontrara otra excusa, pero lo importante es que convence a su marido para detenerse en Catania e ir a casa del carnicero. Recuerda que Giovanni no sabe que Pecorini ha sido y sigue siendo el amante de su esposa. Pecorini los lleva a su casa, y después de comer mata a Alfano de un disparo en la nuca. Es necesario que compruebes si Pecorini tiene un garaje; creo que el homicidio se produjo allí. Y haz que la Científica lo examine bien, pues estoy seguro de que encontrarán restos de sangre de Giovanni. Porque es allí donde Pecorini mata a la víctima y la trocea en treinta pedazos con la ayuda de Dolores. ¿Por qué? Porque Giovanni le había contado a Dolores que su padre fue asesinado de un tiro en la nuca y después cortado en treinta trozos, que en el ritual mafioso corresponden a los treinta denarios de Judas, el traidor. Así que ellos hacen lo mismo para que todos crean que ésa es la firma, la clave de que Balduccio ha ordenado ajusticiar a Giovanni, correo infiel, exactamente igual que hizo con su padre. Finalizado el descuartizamiento, Pecorini introduce los trozos en bolsas y se va a Vigàta. Irá a enterrar los restos al *critaru*, es decir, el campo del alfarero, el lugar donde Judas se ahorcó. Ése es otro toque genial para inducir a creer en un ritual mafioso. Dolores, quizá un poco cansada, se queda unas horas en casa de su amante y después sigue hasta Gioia Tauro, adonde llega entrada la noche. Para demostrarlo, pide a la señora Esterina que te cuente la historia del ramo de rosas. Pero la mañana del sábado Dolores finge regresar a Vigàta. Digo que finge porque ha pensado que es mejor hacer lo que tiene que hacer a primera hora de la tarde, cuando la portería está cerrada y no se pueden recibir visitas desagradables de la portera. En la salida de Lido di Palmi se la pega deliberadamente con el coche, y a la espera de que se lo arreglen, se aloja en un motel (luego te daré los detalles). Después de comer le dice al propietario del motel que quiere ir a la playa, pero en realidad regresa a Gioia Tauro con uno de los muchos autobuses de línea que hay en la temporada estival. Al llegar a via Gerace mancha la taza del excusado, abre una botella de vino y una lata de cerveza y las vacía en el fregadero, donde las deja bien a la vista. Desde Catania ha traído los pantalones de su marido, una jeringa llena de su sangre y un poco de cocaína. Tira los pantalones de Giovanni encima de la cama, vierte unas gotas de sangre al lado del grifo del lavabo y tapa las manchas (tal como me dijiste tú) con la jabonera. Finalmente abre la trampilla del techo del cuarto de baño, donde le consta que hay una caja de zapatos vacía, espolvorea cocaína en el interior de la caja y vuelve a cerrar la trampilla; luego regresa a Lido di Palmi llevándose el ramo de flores, del que se desprende en cuanto puede. Pero con las prisas comete tres errores:

1) Tira al cubo de la basura la jeringa, que todavía contiene sangre.

2) No quita el polvo del mueblecito de la entrada (ella nos dijo que dejó la casa limpia y en perfecto orden).

3) No recoge un recibo de Enel; es más, lo empuja debajo del mueblecito.

Después regresa al motel, donde duerme, y a la mañana siguiente vuelve a Vigàta. Al cabo de unos días el carnicero envía una carta anónima a Antimafia, acusando a Balduccio Sinagra del homicidio de un correo que por lo visto lo había traicionado. De esta manera confía en poner en marcha la investigación. Pero Antimafia y Antidroga saben que no puede haber sido Balduccio, por lo de la carta entregada por el propio Balduccio a Giovanni, una carta de la que los dos asesinos no sabían nada y que habían destruido junto con las demás cosas de Giovanni. Sé que no lo vas a entender bien, pero me comprometo a explicártelo mejor cuando todo esté hecho. Dos meses después del asesinato, la lluvia (creo que con la ayuda de Pecorini) saca a la luz los restos de un desconocido. Entonces Dolores viene a comisaría a plantear las primeras dudas sobre que su marido se haya embarcado realmente. En efecto, el representante del armador me revela que Alfano no se presentó al servicio. Yo identifico el cadáver a través de un puente dental que Giovanni se tragó antes de que lo mataran. Por cierto: en mi opinión lo desfiguraron para facilitar la identificación sólo a través del ADN, dando así justificación temporal a las falsas inquietudes de Dolores acerca de la probable desaparición de su marido. En resumen, a partir de aquel momento Dolores se transforma en la directora de escena de nuestra investigación, haciéndola converger hábilmente (yo entretanto se la he confiado a mi subcomisario) en Balduccio.

Pero Musante (a quien tú conoces) me convenció de lo contrario. Y por eso fui a hacer una inspección a Gioia Tauro (tenía poco tiempo, no pude ir a verte, perdóname) y se me plantearon dudas y sospechas.

Creo que lo que te he dicho puede bastarte por ahora. Si Dolores reacciona tal como esperamos, el juego está hecho, y tú tienes en la mano los elementos esenciales para interrogarla. Y una vez más te repito, querido amigo, que no debes mencionar mi nombre de ningún modo, ni siquiera bajo tortura.

Es lo que te pido a cambio de ofrecerte la solución de un caso complicado. Llévate todo el mérito, pero págame con el silencio acerca de mi nombre. Te envío esta carta por fax al número privado que me has indicado.

Te ruego que no me llames a comisaría sino a casa. Mejor por la noche después de las diez.

Un abrazo,

Salvo

«¿Es una carta sincera?», se preguntó mientras la releía.

«¿Es una carta insincera?», se preguntó volviendo a leerla.

«Es una carta que sirve para lo que tiene que servir y listo», concluyó mientras empezaba a desnudarse para irse a la cama.

La noche siguiente, sobre las diez, recibió la primera llamada de Macannuco.

—¿Montalbano? Hoy me han llamado de la Científica.

—¿Y bien?

—Has dado en el blanco. La sangre del cubo de la basura es la misma que encontramos en el lavabo.

La segunda noche, Macannuco volvió a llamar.

—He recibido tu carta y la he enviado a quien ya sabes.

La tercera noche después de haber hecho la jugada decisiva, Montalbano no consiguió pegar ojo de lo nervioso que estaba. Ya no tenía edad para resistir semejante tensión. Cuando salió el sol, se encontró con un día otoñal sin una sola nube, frío y resplandeciente. Sintió que no le apetecía ir a la comisaría ni quedarse en casa. Cosimo Lauricella, el pescador, estaba trabajando cerca de su barca. Se le ocurrió una idea.

—¡Cosimo! —lo llamó desde la ventana—. ¿Puedo ir contigo en la barca?

—Pero ¡es que voy a estar fuera hasta la tarde!

—No hay problema.

Personalmente no pescó ni un pez, pero para sus nervios fue mejor que un mes en una clínica especializada. La anhelada llamada de Macannuco llegó dos días después, cuando ya le había crecido la barba, la camisa tenía un reborde de grasa alrededor del cuello de no cambiársela, y sus ojos estaban tan enrojecidos que parecía un monstruo de película de ciencia ficción. Mimì tampoco estaba para bromas: la barba crecida, los ojos también enrojecidos, el pelo tieso. Asustado, Catarella temía dirigirles la palabra a cualquiera de los dos, y cuando los veía pasar por delante del trastero se agachaba hasta el suelo.

—Hace cosa de media hora hemos interceptado una llamada de Dolores a la señora Trippodo, que lo ha hecho muy bien.

—¿Qué ha dicho Dolores?

—Se ha limitado a preguntar: «¿Puedo ir a verla mañana sobre las tres de la tarde?» Y la Trippodo ha contestado: «La espero.» Y allí estaremos nosotros también, esperándola.

—En cuanto la detengas, llámame a comisaría. Ah, oye, a propósito de la jeringa se me ha ocurrido una idea...

Macannuco se mostró entusiasmado. Pero a Montalbano no le interesaba cómo iba a terminar Dolores; su principal preocupación era mantener a Mimì fuera del asunto. Había que quitarlo de en medio, tenerlo entretenido en las siguientes veinticuatro horas. Llamó a Fazio.

—¿Fazio? Perdona que te moleste en casa, pero necesito que vengas ahora a mi casa en Marinella.

Cuando llegó Fazio, inquisitivo y preocupado, encontró a Montalbano afeitado, con la camisa cambiada, pulcro y aseado. El comisario le indicó que se sentara y le preguntó:

—¿Te tomas un whisky?

—La verdad es que no estoy acostumbrado.

—Mejor te lo bebes, hazme caso.

Obediente, Fazio se sirvió dos dedos.

—Ahora te cuento una historia —empezó Montalbano—, pero te conviene tener la botella de whisky al alcance de la mano.

Cuando terminó de contarla, Fazio ya se había bebido un cuarto de botella enterito. Durante la media hora que Montalbano estuvo hablando, pronunció una sola palabra:

—¡Coño!

Pero el tono de su piel cambió varias veces: primero rojo, luego amarillo, después morado y finalmente una mezcla de los tres colores.

—O sea que tú —terminó el comisario—, mañana por la mañana, en cuanto llegue Mimì a su despacho, le dices que durante la noche se te ha ocurrido una idea y le das una copia del artículo.

—Según usted, ¿qué hará el *dottor* Augello?

—Considerará el artículo una prueba e irá corriendo a Montelusa a ver a Tommaseo, y después al jefe superior y también a Musante. Perderá la mañana entre uno y otro despacho. Tú lánzale un torpedo para dificultarle las cosas.

—¿Y después?

—Mañana por la tarde, en cuanto Dolores se traicione, Macannuco me llamará a comisaría. Yo llamo a Mimì y le hablo de la detención de la mujer. Tú también debes estar presente, pues no consigo imaginar su reacción.

Mimì Augello regresó a las seis de la tarde del día siguiente, muerto de cansancio y loco de rabia por el tiempo perdido en Montelusa. Pero también parecía preocupado por otro motivo.

—¿Ha telefoneado la señora Alfano?

—¿A mí? ¿Y por qué tendría que haberlo hecho?

—¿No ha llamado por casualidad a Fazio?

—No, no lo ha llamado.

Estaba inquieto; por lo visto, Dolores se había ido sin decir nada. Y su móvil estaba apagado. Evidentemente tenía la urgencia de ir a Catania para hablar con Arturo Pecorini.

—¿Y en Montelusa qué tal te ha ido?

—¡No me hables, Salvo! Menudo hatajo de imbéciles. Tienen reparos, se lo toman con tiempo, buscan excusas. ¡Más prueba que la del artículo de ese periódico! Pero ¡mañana vuelvo a hablar con Tommaseo!

Se fue enfurecido a encerrarse en su despacho. A las siete de la tarde llamó Macannuco.

—¡Bingo! ¡Montalbà, eres un genio! Cuando la Trippodo le ha dejado entrever una jeringa manchada de sangre, tal como me habías sugerido, Dolores se ha jodido con sus propias manos. ¿Y quieres saber la novedad? Se ha derrumbado enseguida, consciente de que había perdido la partida, y ha confesado echándole la culpa a su amante carnicero. El cual, entre paréntesis, ha sido detenido hace un cuarto de hora en Catania, en su carnicería. Hasta luego, te mantendré informado.

—¿De qué? Ya no te molestes, Macannuco. Lo demás lo sabré por los periódicos.

Tomó aire respirando hondo tres, cuatro, cinco veces.

—¡Fazio!

—A sus órdenes, *dottore*.

Se entendieron a la primera mirada, no hubo necesidad de decir ni una palabra.

—Ve a llamar a Mimì y ven tú también.

Fazio y Augello encontraron a Montalbano balanceándose adelante y atrás y tocándose el cabello. El comisario estaba interpretando el papel de un hombre sorprendido, pasmado e incrédulo.

—¡Virgen santa! ¡Virgen santa!

—¿Qué pasa, Salvo? —preguntó Mimì asustado.

—¡Ahora mismo acaba de telefonear Macannuco! ¡Virgen santa! ¡¿Quién se esperaba una noticia como ésta?!

—Pero ¿qué ha pasado? —insistió Mimì casi a gritos.

—¡Han detenido a Dolores Alfano en Gioia Tauro!

—¡¿A Dolores?! ¡¿En Gioia Tauro?!

—Sí.

—¿Y por qué?

—¡Por el homicidio de su marido!

—Pero ¡no es posible!

—Pues sí, ha confesado.

Mimì cerró los ojos y se desplomó sin que Fazio tuviera tiempo de sujetarlo al vuelo. Y en aquel momento Montalbano comprendió que Augello había sospechado siempre —pero jamás había querido reconocerlo ni siquiera ante sí mismo— que Dolores estaba metida hasta el cuello en la muerte de su marido.

El segundo día de su estancia en Boccadasse, acababa de entrar en casa cuando sonó el teléfono. Era Fazio.

—*Dottore*, ¿cómo está?

—Ni bien ni mal, voy tirando. —Le estaba saliendo muy bien el ensayo del jubilado, pues aquélla era en efecto una respuesta típica.

—Quería decirle que el *dottor* Augello se ha ido esta mañana con su mujer y su hijo. Se han marchado a pasar quince días al pueblo de los padres de la señora Beba. Quería decirle también que me alegro de lo bien que ha sabido usted poner cada cosa en su sitio. ¿Cuándo vuelve, *dottore*?

—Mañana por la noche.

Fue a sentarse junto al ventanal. Livia se alegraría de tener noticias de Beba y Mimì. Balduccio Sinagra había mandado llamarlo a través del abogado Guttadauro para decirle lo mucho que se alegraba de la detención de Dolores. Fazio también estaba contento. Y contento también estaba Macannuco; lo había visto en la televisión mientras los periodistas lo felicitaban por su brillante investigación. Y seguro que también se alegraba Mimì, a pesar de que no podía confesarle a nadie que se las había visto moradas. En resumidas cuentas, el comisario había conseguido sacar a todos del *critaru*, tierra traidora. Y él, Montalbano, ¿cómo estaba?

«Sólo estoy cansado», fue la desolada respuesta.

Tiempo atrás había leído el título, sólo el título, de un ensayo llamado *Dios está cansado*. Una vez Livia le había preguntado en plan polémico: «Pero ¿tú crees en Dios?» Él pensó entonces que en un dios de cuarto orden, un dios menor. Después, con el paso de los años, había llegado al convencimiento de que no existía ni siquiera un dios de última fila, sino tan sólo el pobre titiritero de un pobre teatro de marionetas siciliano, ese que trata de Carlomagno y los paladines de Francia. Un titiritero que se esforzaba en llevar a buen puerto las representaciones como mejor sabía y podía. Y en cada representación que conseguía sacar adelante, el esfuerzo era cada vez más arduo y agotador. ¿Hasta cuándo podría resistir?

Mejor no pensarlo por ahora, mejor quedarse a contemplar el mar que, tanto en la siciliana Vigàta como en la ligur Boccadasse, era siempre el mar.

Nota

Como es obvio, los nombres de los personajes, las empresas, las calles, los hoteles, etc., se han inventado de la nada y no guardan la menor relación con la realidad.

A. C.